旅途中的音樂

莊裕安◎等著

坐上一輛旅行加音樂的雙層巴士——代序

近幾年，國人赴各地旅遊的風氣相當普遍，許多傳播媒體也提供了許多篇幅，來容納各種旅遊資訊，這對一般人在做旅遊計畫而言，實在是很方便；然而，在資訊過於充斥的狀況之下，相去不多的資料便失去了新意。

假使「旅行」和「音樂」是化學實驗室裡的兩種元素，當我們把它們放在一起的時候，會不會產生什麼新鮮的反應？《旅途中的音樂》正是在這樣的企劃理念下，所欲嘗試的寫作主題。

尋找、徵求不同的作家或寫作者，就其主觀感受的差異，期待可以碰撞出不一樣的散文風景：聽著音樂在旅行、在旅途中追索生命情調裡的音樂、一趟非常音樂的旅行……。

想像你在環遊世界八十天，從台灣的南北管出發，一路途經日本的歌舞伎、田納西的爵士樂、蘇格蘭的風笛、西班牙的探戈舞曲、維也納的歌劇、印度的梵唱、雲南麗江的納西古樂……再回到宜蘭的歌仔戲，這是一幅多麼豐富有趣的音樂風情畫，這當然也是一次耳朵出油的音樂之旅。

《旅途中的音樂》中的兩大元素：「旅行」和「音樂」，其比例是可以互爲多寡、互爲主輔的，這是一個主題原則確立，卻可以互別千秋、多樣試驗的「聯考」作文題目，「參賽者」不一定要是個旅行高手，也未必是位音樂大師，他或她很可能只是一位神遊寰宇的吉他社學生，也可能只是一位再窮也要去旅行的地下道提琴手。

此刻，讓我們坐上一輛旅行加音樂的雙層巴士，展開一趟豐富別具風味的寰宇神遊吧！

于善祿

目錄

輯一：打開旅行音樂之門

誰在星輝斑斕裡放歌

——淺談西洋古典「旅行音樂」的三種類型

莊裕安

◆喬叟和香客夜譚

一九九三年夏天從倫敦到坎特伯利的車程，約莫只要兩個鐘頭。同行的有麗慧姐的娘家和我的岳家兩個家族，老少總共九人，由於已繞過半個南英格蘭，大家累得東倒西歪。我自己雖然戰戰兢兢，但驚心於小站名字，不敢辜負呼眾下車的重任。整個行程，我一直記掛喬叟，但始終沒有提到香客傳奇，要求大夥也如法炮製一番。

一三八七年四月十六日喬叟和我們走同樣的路線，從倫敦到坎特伯利教堂，腳程卻要三個日夜，朝聖同行的有三十人。爲了排遣旅途的沈悶無趣，每個人輪流講述一則故事，最博眾彩的人可免付晚餐費用，大家合攤犒賞。朝聖香客各行各業，所以講述的傳奇五花十色，從顯靈神蹟到猥褻笑譚無所不包，合成英國文學史上很重要的詩體故事集。

在談及「音樂與旅行」這個話題時，「喬叟類型」應首先提起。二〇〇〇年夏天台北有一張名叫「東遊記／往伯利恆之路」的唱片非常暢銷，允爲此類音樂代表。如果喬叟記錄的朝聖之旅，約當台北人到北港朝天宮進香，那麼「東遊記」該算是唐僧印度取經。中世紀的歐洲旅人，從最西的英倫、西葡，沿路長征到耶穌誕生聖地。朝聖陣容龐雜，舉凡虔誠的教徒、野心的政客、考證的學究、貿易的商賈、寄生的乞丐、濳裝的間諜，抱持各種不同目的加入行列。自西歐到巴勒斯坦，海陸接駁經常費時整年。由於行程不似倫敦到坎特伯利那麼單純，語言國界所難跨越的，便由音樂來承接。除非是資財不缺的富豪，朝聖客莫不修備音樂或雜耍才能，以換取旅途中免費食宿甚或賞賜。

如果把「香客音樂」當成宗教音樂，其實是錯誤觀念，因爲朝聖隊伍成員各懷心

➜行程不似倫敦到坎特伯利那麼單純，語言國界所難跨越的，便由音樂來承接。

思，並非全數專程取經受洗。所以這些音樂多具排遣寂寥或思鄉愁緒色彩，特別是希冀求得飯宿之恩的潦倒漢，更要使出娛樂本領來達到目的。臥觀跨國衛星電視的現代人，可能難以想像這些「香客音樂家」扮演民間藝術大使的重要地位，整個朝聖過程其實也是音樂語彙的觀摩、融合與再生。

舉一個有趣的例子，兩三年前在歐美大肆風行「葛利果聖歌復古熱」。這名稱來自西元六世紀羅馬教皇葛利果一世所匯編的宗教祈禱讚美詩，三千首素歌允爲西方基督教音樂奠基大纛。葛利果聖歌的起源，曾有學者推衍自希臘或猶太，有一位叫艾迪頌的專家更發現，當今南阿拉伯和伊朗遊牧民族仍在傳唱的音樂曲調，竟和一千三百年前整編的聖歌極爲相似。羅馬教會欽定的宗教音樂，竟是源自耶路撒冷和敘利亞民間口耳交傳的世俗音樂。

當年帕索里尼拍攝〈坎特伯利故事〉電影時，曾有義大利教廷譴責其淫穢，然而喬叟的原著也不是老少咸宜。這使我想起陳黎的詩集《廟前》，廟前的拉丁文字根是「Pro」和「Fane」，而「Profane」到了英文字典裡衍生「世俗、褻瀆、邪教」的新意。其實也可以拿來爲「香客音樂」當註腳，朝聖的路上的音樂可不一定純潔神聖。

◆拜倫式壯遊

第二種旅行音樂，姑且說它是「拜倫類型」。拜倫筆下的哈洛德、曼富禮、唐璜、塔索，始終是白遼士、李斯特、柴可夫斯基、舒曼諸浪漫樂派大將所愛的選材。甚至拜倫生平，也有三位作曲家譜成歌劇，包括一九七二年才首演推出維吉爾．湯遜的〈拜倫爵士〉。

和「香客夜譚」最大不同的是，拜倫積極投入他鄉異國的政治事件。他僑居義大利時，曾從美國偷渡一百五十枝槍械，窩藏在自家寓所，贊助燒炭黨反抗奧地利統治。義大利人起義失敗後，他轉進希臘，傾其家產裝備戰艦，挺身愛琴海上的民族獨立運動。雖然不是直接取材於拜倫詩劇，但貝多芬的〈費黛里奧〉、羅西尼的〈威廉泰爾〉、威爾第的〈納布果〉，都可以歸在這個抗暴革命氛圍中。

《恰爾德．哈洛德遊記》的主人翁出身貴族名門，厭倦英國上流社會的沈悶無聊，決心到異教的國家闖蕩。他領略過西班牙的鬥牛、希臘的狂歡節、阿爾巴尼亞的險峰、萊茵河的波光、日內瓦湖的夕照、尼羅河的雷雨……，啟蒙經驗近似中國的「讀萬卷書不如行萬里路」。拜倫自己也是浪跡天涯的遊客。哈洛德步履所及，皆是拜倫親身經歷。浪漫時期的歐洲青年，每每嚮往拜倫式「壯遊」，貴族子弟更視爲成年禮儀式。

作曲家裡最堪享受這種壯遊啓蒙的，要數出身銀行世家的孟德爾頌。孟德爾頌五首交響曲，有兩首標題爲〈蘇格蘭〉和〈義大利〉，便是觀光遊覽後的音樂筆記。李斯特早年喪父，沒有孟德爾頌般的家族奧援，他的壯遊盤纏，來自明星演奏家的音樂會酬勞及授課鐘點費，聲勢不亞於當今流行樂界的偶像天王。李斯特最有名的旅行音樂，要數三冊〈巡禮之年〉鋼琴曲。記錄瑞士和義大利的人文風物及地標景觀。李斯特比孟德爾頌更靠近拜倫的放蕩氣質，一生都在勾搭有夫之婦，散發惡德魅力。帕格尼尼曾委託白遼士譜寫中提琴協奏曲〈哈洛德在義大利〉，兩人都是「拜倫幫」裡，追求魔性經驗的子弟兵。

早期古典派作曲家海頓和莫札特，也寫過標題如〈牛津〉、〈倫敦〉、〈巴黎〉、〈布拉格〉的交響曲。但這些音樂多爲酬庸之作，還沒有出現壯遊啓蒙的浪漫精神，標題本身沒有明顯描景趣味。到了柴可夫斯基的〈義大利隨想曲〉、比才的〈羅馬組曲〉、布魯赫的〈蘇格蘭幻想曲〉，便充滿微妙的異國風味，顯現旅行所激發的創造力。

某些音樂家沒有優渥的旅行演奏會報酬，也缺乏父兄的家產奧援，但也可以完成壯遊心願。寫過〈西班牙隨想曲〉、〈天方夜譚〉的林姆斯基—高沙可夫，音樂中的異國情調，來自早年投身海軍的雲遊經歷。易貝爾代表作〈港口組曲〉，也得自一次大戰受海軍征召的體驗，他的役區在北非及地中海岸，因得以深刻接觸巴勒摩、突尼斯、瓦倫西亞這些港都的個別特色。渴望壯遊啓蒙體驗的青少年，制定生涯規劃時，可以參考林姆斯基－高沙可夫和易貝爾的例子。

◆吉卜林的跨國啓蒙

第三種旅行音樂，可以稱之「吉卜林類型」。吉卜林的父親應聘印度藝術學校建築教授，他也順理成章出生在孟買。一如當時習尚，六歲的吉卜林被送往祖籍英國求學，及至十七歲時又因無法進入大學，再度返回印度。他起先任職地方報社編輯，後來因寫作聲名大噪，蔚爲第一位獲得諾貝爾獎的英國作家。吉卜林這種介於英國與印度間的成長環境，培養出特殊的觀察力，不過因爲背負過重白種人包袱，難免有帝國沙文情結。雖然他的保守政治思想已不合時宜，但其觀照印度的細膩描寫，有獨到的一面。

類似吉卜林的印度經驗，在音樂圈也可以找到德弗乍克和米堯。德弗乍克在五十一歲那年應聘紐約國際音樂學院院長，停留三年期間完成〈新世界〉交響曲及〈美國〉絃樂四重奏，成爲他最膾炙人口的代表作。這兩首傳世的作品，委實很難叫人理性分析其中的「波西米亞成分」、「印地安成分」、「黑人靈歌成分」。那些朗朗上口的動聽旋律，看似取材民謠，其實是作曲家原創。這便是德弗乍克高明的地方，他才在美國住上三兩年，便能寫出幾可亂真的民歌。德弗乍克之後，我們甚至還找不到純正成長於美國本土的作曲家，寫出比〈美國〉或〈新世界〉更「美利堅風」的傳世交響曲和四重奏。

米堯在二十五歲那年，隨著長官克羅德任命法國駐巴西大使，有了兩年拉丁美洲生活經驗。〈屋頂上的牛〉和〈巴西的回憶〉，爲法國音樂界開了一扇新鮮空間流動的窗子。一如德弗乍克未曾援用美國現成民謠，米堯那些充滿巴西風格的曲子，一概也是自己的原創。爲了保持

➔莊裕安到歐洲的「壯遊」，讓他將音樂與旅行冶於一爐。

拉丁美洲特別的鄉土節奏，他以和絃來補救其缺點，因爲以西歐的作曲學觀點，這些音樂未免粗陋。然而拉丁美洲音樂散發的原始生命力，卻又是大戰期間歐陸樂壇的強心劑。日後歐洲人那麼熱烈歡迎巴西現代音樂大師魏拉—羅勃斯的作品，與米堯的前導不無關係。

跟德弗乍克、米堯相反的類型，可以再談幾位國民樂派的健將，芬蘭的西貝流士、丹麥的尼爾森、挪威的葛利格、捷克的楊納傑克。這些邊陲作曲家年輕時代都有的共同經驗，就是遠赴德奧中樞求學，研究所謂「正統作曲學」。這些人日後所以能各霸一方，成爲民族的音樂靈魂，也在於他們並非完全溶入德奧傳統，各自保有地域特色。像巴爾托克、亨德密特、懷爾迫於納粹荼害，有家也歸不得，只好在美國落腳，但是音樂血緣始終脫離不開母國。

漫談旅行音樂，這三種類型似乎過於嚴肅或深奧。有一種旅行時聽到的音樂，是更直接而官能的，昔日孔子在齊國聽到韶樂，發出「三月不知肉味」的喟歎，可算是對音樂的最大恭維。其實現今的短期觀光，跟前述的朝聖、壯遊、移民，都有一大段距離。所以最後我應羅列一些最直接的曲目，諸如：理查．史特勞斯〈阿爾卑斯交響曲〉、葛羅菲〈大峽谷組曲〉、雷史碧基〈羅馬的松樹、噴泉、節慶三部曲〉、法雅〈西班牙花園之夜〉、柯普蘭〈墨西哥沙龍〉、小約翰．史特勞斯〈美麗的藍色多瑙河〉等等，都是國人旅遊常到的景點。我們很少爲視障者設想出遠門旅行的可能，這些描景的標題音樂，不正替他們開闢出另一番感官天地。尋夢撐篙，星夜放歌，有山水處便有音樂，有音樂處山水格外鍾靈毓秀。

作者寫真

莊裕安

一九五九年出生於台北，現爲內兒科執業醫師。

寫作以散文及音樂論述小品爲主，曾獲一九九四年吳魯芹散文獎。自一九九〇年迄今，共出版《旅行過峇里島的德國香腸》、《巴哈溫泉》等十五冊。

輯二：音樂家與旅行

旅行與音樂家

姝音

音樂家與旅遊，自古即關係密切。雖旅遊目的各異，但其影響皆直接或間接呈現於音樂中，更甚者，則激發作曲家之靈思，而創作出偉大的作品。

縱觀西洋音樂史，大部分的作曲家，幾乎也是著名的演奏家、指揮家。因此音樂家巡迴演奏，以自己的作品發表爲主要曲目，乃是當時極爲風行的時尚，不僅藉巡迴演奏將作品廣爲流傳，更可藉此提高聲望。有些音樂家自小即以「音樂神童」之姿開始其璀璨的演奏生涯，這種方式仍沿用到今日的二十一世紀，音樂家藉此作爲踏入職業音樂家之試金石。

音樂神童最熟悉的例子當屬生於奧國薩爾茲堡的莫札特（W. A. Mozart, 1756-1791）。自小即在父親陪伴下巡迴演奏展現其音樂天分的莫札特，足跡遍及英國、法國、義大利、德國等，無形中受到各國不同風情文化的洗禮，這些影響成就了他豐富多元的音樂色彩與風格，最明顯的爲莫札特膾炙人口的歌劇。

與莫札特同時期的海頓（J. Haydn, 1732-1809），曾受聘於艾斯特哈茲王子（Prince Anton Esterhazy），爲其樂團的音樂指揮，由於身處位於郊區的夏宮，團員們思家心切，海頓爲了暗示艾斯特哈茲給予團員們假期回鄉，遂有了〈告別交響曲〉（Forewell Symphony）的產生，海頓在該樂曲的最後快板樂章接近結束時，突然轉變爲慢板，並設計使演員一個接一個離開，最後只剩兩把小提琴演奏完成全曲。海頓的巧思，頗具創意，其暗示也成功了。

海頓曾先後於一七九一年至一七九二年、一七九四年至一七九五年應小提琴家薩洛蒙（J. P. Salomon）之邀，兩次造訪倫敦，並完成了他晚期最著名的十二首倫敦交響曲——No.93-104。海頓靈活地運用曲式、和聲、旋律、配器等手法，展現了他晚期成熟的作曲風格，爲後世研究交響樂的重要曲目，對交響曲的發展與影響甚鉅。

→倫敦科芬園前的露天廣場The Piazza經常有街頭藝人及音樂家的演出。（孟樊攝）

到了浪漫派時期，是鋼琴音樂的黃金時代，樂器的進步、演奏家人才輩出、鋼琴音樂作品豐富，在當時以演奏家姿態經常作巡迴演奏的，當屬舒曼的太太——克拉拉（Clara Schumann, 1819-1896）和李斯特（F. Liszt, 1811-1886）。而李斯特的演奏充滿了戲劇性，以能在鋼琴上奏出如雷般的管絃樂音響和快速如閃電般的八度超技獨霸樂壇。自小亦以音樂神童之姿開始其演奏生涯的李斯特，足跡遍及世界各地，也因此吸引了來自各國的傑出音樂家，不辭千里接受他的指導。有著吉卜賽血統的李斯特，傳奇性的一生，就如同他充滿了戲劇性的音樂一般。他音樂的題材，與文學、藝術、大自然、愛情、宗教密切關連，有名的三冊鋼琴曲集——巡禮之年（Annees de. pelerinage）的第一冊——《瑞士之旅》，即爲李斯特與女伯爵達果特

→著名的倫敦皇家愛伯特音樂廳。（孟樊攝）

（Marie d Agoult）熱戀時，旅行至瑞士日內瓦時的作品。內含九首曲子，大部分描繪風景，如暴風雨、教室、水邊、鐘聲等。李斯特運用鋼琴音域的音色變化、音型的設計，充分發揮鋼琴高音域的透明亮麗色彩，藉此特色來捕捉水之動態與靜態之美。這套瑞士之旅予人音畫之感，音樂的設計和風格，對法國印象派音樂有極深的影響，李斯特可謂其先驅。而〈匈牙利狂想曲〉（Hungary Rhapsody）也是於當地演奏時，被其音樂所吸引而寫成的，是以其民俗音樂爲題材而寫的，其迷人的特殊風味和艱深技巧都是演奏家喜愛的曲目。旅遊所帶給李斯特的，不僅激發他許多寫作的靈感，爲後世音樂留下不朽的作品，異國的民族特色更豐富了他的音樂色彩；而他的感情生活，也增添了更多的悲劇，如與俄國卡洛琳公主的感情，無法有完美的結局，使李斯特於晚年走上了終生從事神職之路。

在現代音樂發展占了極高地位的法國作曲家梅湘（O. Messiaen, 1908-1991），是一位奇特的音樂家。對天主教的虔誠信仰影響了他的作品風格，他認爲鳥最接近上帝，因此對鳥情有獨鍾，不僅加入鳥類學會成爲會員，更爲了採集各種不同的鳥聲，旅遊世界各地，將之譜寫成曲，如〈衆鳥甦醒〉、〈異域群鳥〉、〈鳥類誌〉、〈園中之鶯〉、〈鳥的素描〉。以鳥爲寫作重心的音樂家，他是獨一無二的，曲子的艱深度對鋼琴家極具挑戰性，這也是梅湘所獨具的個人音樂色彩。

以上爲音樂家與旅遊有關的軼聞，音樂家終其一生汲汲於追求新靈感和樂思，以使作品和演奏呈現不同的風貌。

作者寫真

姝　音

本名賴麗君，高雄市人，六歲開始習琴，曾數度獲得台灣區及高雄市比賽冠軍。於國立台灣師範大學音樂系畢業後，赴美繼續深造，先後獲得美國Boston大學鋼琴演奏碩士與Temple大學鋼琴演奏博士。現任教於國立台灣師範大學音樂系暨音樂研究所，兼任教於國立高雄師範大學音樂系和師大附中。

輯三：詩路上的音樂

詩路上・音樂行

羅門

沒有聲音，世界便靜像墳場，
沒有音樂，聲音便「美」不起來（羅門）

寫了四十多年的詩，其實我最早是喜歡音樂，曾學過小提琴；直到現在，還是愛聽貝多芬與莫札特等音樂家的交響樂，我曾將貝多芬看成我心靈的老管家，他賜給我生命兩樣最寶貴的禮物——「美」與「力量」，讓我將所面對的世界與一切，都通過「美」的過濾網而存在，以及能夠在時空的坐標上，衝破層層的阻力，而聽見那回響在內心深層世界的無限美的存在之音。

基於這種強烈的感應，我三十多年前，寫了一百多行的長詩〈第九日的底流〉，其創作的心境，確同經常聽貝多芬的〈第九交響樂〉有關聯。記得我寫此詩時，除將窗簾放下，將所有的燈關掉，只留書桌上的一盞，讓整個世界沈靜到深夜的狀況，並不停地放貝多芬〈第九交響樂〉，為詩的航行護航。當時，我的確深深覺識到詩與音樂是在將一切推向「美」的顛峰世界，內心也溢流著近乎宗教的嚮往與虔誠的情懷。

當我每想到貝多芬的音樂在演奏時，台下的觀眾無論是王公、貴族、哲學家、科學家、政治家……都被吸引住，並占領他們的心，使他們忘情地發出歡呼與讚美；的確不可思議，那只是一些聲音，究竟含有多少噸的智識、學問、思想與情感，卻爆發出如此強大無比的精神威力，近乎是精神世界放射的核能，已將世界射到湯恩比所認為的「進入宇宙之中、之後、之外的永久存在的眞實之境」，成為前進中的永恆；看來連神與上帝都會神往。寫完〈第九日的底流〉，我並在詩前寫一段話：「不安似海的貝多芬，伴〈第九交響樂〉長眠地下，除了那種顫慄性的『美』，還有什麼能到永恆那裡去。」

的確，在人類自由無限的視聽世界裡，像貝多芬那樣的音樂，具有「美」的不死性，一直鳴響著存在的永恆之聲，即使在衆聲嘩然的後現代聲音領域裡，也仍會存在下去，仍有人會欣賞與一直喜歡它，並接受它不可抗拒的「美」的感染力。然而在詩路

上，我雖特別喜愛貝多芬等音樂家的古典音樂，但我也欣賞其他的現代音樂，甚至不排除在各種特殊情形下，站在不同的聽覺層面，以「詩」的耳朵去接聽各種不同形態的音樂，而獲得更多的聽覺享受。

像搖滾樂，我有時也用詩的耳朵來聽與用詩的眼睛來看，如果它配合一個三圍好的「辣」妹，當她以乳房、腰與臀部，將整城搖滾過來時，同步放出來，則音效音感會更動聽更具體化，而且眼球與地球，也輕鬆地跟著滾動過來。

像在MTV、KTV放的快節奏、高分貝、特別刺激的動感音樂，也有其對生命發言與吸引人的地方；我們在旁聽時，同時可用詩眼看到在緊張與壓力下生活的都市人，是如何跟著煽動性的音樂，狂放地叫與跳，將世界跳到強烈的感官位置，將自己跳空，也跳掉寂寞與空虛，並緊緊抓住來自體能純粹絕對與極致的快感；由此，也可聽見生命在特殊存在與活動情境中的另一些聲音與回響。

就是在像亞士多那樣安靜、舒適與高雅有氣氛的歐式餐廳裡用餐時，若用調好音量的室內樂，將整個空間再加上一層聽覺的「美」，則用餐的動作與心情，都會隨著優美了起來，如此，室內樂在此刻，的確是餐室與心室裡非常適宜與討好人的音樂，帶給我們生活中另一種情調與聽覺的美感經驗。

至於將廣場與群衆耳朵全都收購的綜藝性流行音樂，像帶著「世紀末」跑的麥可傑克森的歌唱，或劉德華「卿卿我我」的歌唱，也不妨去聽，聽了既可感覺到麥可傑克森在人類「感官」世界製造了音樂最大的音爆；也可聽見「卿卿我我」，究竟愛在哪裡、愛成什麼樣子與調調，那豈不也因此在全面開放的聽覺世界裡、在詩路上，又聽到多一些生命存在的回音。

的確，尙有那些從「原始」奔放過來的原始音樂、從鄉野民間流放出來的民俗音樂……等許多不同的音樂，都可用詩耳來品聽出其中的情境；如此，可見詩與音樂確是芳鄰，與走在「美」的世界中的同行者。就因爲如此，詩人對一切存在與活動的「聲音」方面，也特別敏感與尖銳。除可聽見菜市場的聲音、議會爭吵的聲音、炮彈的聲音、和尙光頭與天空比空的聲音……，尙可聽見火的聲音、雪的聲音、花開的聲音、樹影的聲音、鳥飛雲遊的聲音，以及人類將鞋子、輪子、機翼、鳥與雲的翅膀加在一起，都無法到達那裡去把天地線那根「絃」彈出聲來的——那種萬籟俱寂的聲音……。這無數聽得見、聽不見的聲音，在無限廣闊的聽覺世界裡，製作成各種形態的音樂，尤其是鳴響著永恆之聲的交響樂，經過詩路時，我們便不難看到指揮家揮動的指揮棒，是如何在音樂中將生命與一切，指向有優美旋律、節奏與秩序的活動世界；並發現那已像是在都市排解交通亂象的警棒，在幫助人類排除內心因精神思想與情緒失控所引發的亂象，而導使生命走向「美」的藝術世界。

作者寫真

羅　門

曾任藍星詩社社長、國家文藝獎評審委員、世界華文詩人協會會長。曾獲教育部「詩教獎」、《中國時報》推薦詩獎、中山文藝獎、菲總統金牌詩獎與大綬勳章。

著作有詩集十三種、論文集五種、羅門創作大系書十種。

作品選入外文詩選與中文版《中國當代十大詩人選集》……等詩選近一百種。

輯四：旅行＋音樂＝五彩繽紛的感覺

Live Music和隆冬，南風

林乃文

在音樂和旅行間尋覓關係，初始令我有些困惑。

現代人挑一段音樂的態度，彷彿古人書房裡點薰香：細撿香籠，挑選香種，火星一啓，便去沈溺一段氤氳裊裊的氣息，一種情懷。時空置換到現代，則是往音響上的Play鍵一撳，事先錄製好的音樂便流水似地灌進室內，你可以細細品味，也可以置若未聞。

這種可召喚的音樂，背後製作過程，可比研磨一料香味要複雜得多了。這是一種工業。

許久以前，音樂可以發生在街邊，隨意邂逅一段拉絃彈琴；可以發生在飯廳中央一張紅氈，蕩氣迴腸得分不清是別人的故事還是自己的；音樂也可以發生在井邊，三姑六嬸洗衣服隨口哼哼就是首曲兒；但那是多麼素樸的音樂「原始」時代！現在我們聽加工的多了。不管來自喜馬拉雅山麓少數民族的銅笛音、南美洲熱城讓人搭配森巴舞步狂歡的節慶音樂，還是歐美當紅歌手的商業鉅作，都可以經過細密的編曲、收音、混音、合成，收進小小的光碟CD卡帶裡，精確而完美地送到我們的耳朵裡。

某種程度來說，這是聽覺的旅行。和現代所有的視聽娛樂、旅遊節目、新聞節目一樣，化千里於無形。故而去走訪一段音樂的旅程，也不著形跡地消弭於錄音工業的過程。

然而人類親臨現場的慾望還是無法消滅。成千上萬人又漏夜排隊，湧進演唱會場，在電子擴音器和電子螢幕、遙控燈光重重環伺之下，演唱的人變成一顆五克拉的鑽石，鑲嵌在五百坪大的科技劇場一端，縱情揮汗，受上萬的群衆齊擁朝拜。但聽衆覺得他們得到了音樂的「全部」：包括聲波的攻擊、包括推擠熱力、包括搖擺的感染性，而不只是靜態的「聽」！這樣音樂就不必經過長途的錄音旅行，人們自己搭車買票排隊進場，親身去實踐「聆聽」這回事！

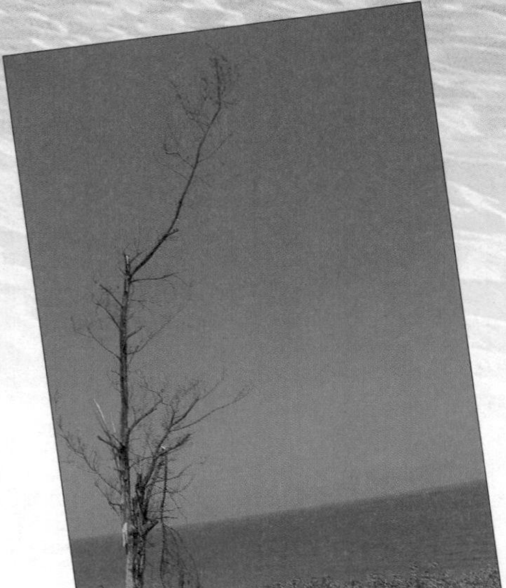

→花東海岸的枯枝。

但錄音工業和商業行銷的力量無遠弗屆。不多久，一捲捲標榜「活著」的音樂專輯，還是問世於各唱片行架上。花幾百塊錢買回家，躺在沙發上或浴缸裡，一樣可以聽到演奏者在麥克風邊的喘息聲，一個不太完美「出槌」的假音，一段歌者即興的口白，還有經處理緩悶的人群喝采聲，及呼應著群衆情緒而加溫的演唱節奏。這一切，不正如一趟聽覺的「虛擬實境旅行」。

好不容易又寫回了旅行。我一直認爲旅行的目的有兩者：離開，或者回歸。這麼說並不矛盾，離開是爲了追尋現在無法擁有的東西，必須向外索求；回歸是爲了追回自己原有應有的質素，留在原地卻會看不見……，但總之，我總分不清這兩者的差別。

➜南方春天小鎮的海濱節奏。

因為所謂動機和結果論，往往是一道無法寫下等於的不成立方程式，所以關於因為……所以……的說法，總是變得像牽強附會的傳說或八卦花絮。就像我在旅途中選聽的這個，被喻為最具台灣搖滾精神的歌手和他的樂團，據說因為胼手胝足打造的專屬錄音室意外地盡付火融，才改以現場演唱即席錄音的方式推銷音樂。據說這才是Live演唱實況影音碟成為發燒風潮的真正出發處。也或者不是？Who care？關於因為所以的故事，不都可以被當作附會的街談巷議或花邊八卦閒磕牙？

那一年隆冬，為了離開陰沈沈整季飄雨的空氣，探望睽違已久的陽光，我駕上一部車，簡單行李，兩捲音樂卡帶，就往南方駛去。既不知道目的地，也不管花多久的時

➜雲在水之上的寧靜時光——旅途中的小憩。

間，心裡只疊聲嚷著：啊！陽光啊！陽光！陽光……。要把陽光給追回印象，追回記憶，追到肌膚上，酥酥癢癢地，一洗快要發霉的身心。

地形狹長的海島，南北天候相差如一季是很平常的事情。我撳下以夏夜晚風爲名的演唱會實況音樂，頭髮上夾著預備得太早的墨鏡，沿著島的西濱行駛。那陣子鋒面眞是頑強得緊，雲層明明已經脫去一層暗灰，還著一層淺灰，淺灰揭去之後還有一層輕白薄紗。我只好虛擬「活在」電子樂器和金屬鈸鼓的重擊聲中。歌聲在重金屬的隙縫間，一字一字斬釘截鐵吼出，像煮得乾硬粒粒鮮明的飯粒；這些飯粒又被重重的聲浪如裹粽般圍住——沈醉的嘆息、歡呼、擊掌、叫吶。

那時我想所有人——現場的和買CD聽的，心意相通，都想到一個沒有冬天的國度，把共震的尾聲當醉人的晚風，給喝進肺裡去。

聞著海風的氣味漸漸濃烈，原來這輛發著噪音的老爺車，眞的把我帶到椰影疊蓋著海灘的地方來了。我的追日之行追到島的最南端——一個號稱永遠都是春天的小鎭。三面環海，沙色淺白，混著磨圓的珊瑚礁粒。可是仍然看不見，針似的太陽光殺出雲陣重圍，插進瞳孔和肌膚上。

我猜想在酒神戴奧尼索斯的醉醺醺的酣夢裡，一定沒有到不了的地方吧！在奔放的節奏和震耳的音樂，人們尋求一醉，就如同我向南尋找一截陽光般，簡單，直接，爽亮，像那條筆直的白色海岸線公路。

後來我常常想起那趟旅行，海風，和Live音樂。是誰說過醉酒的人說話最動聽、微醺時的夢境最香甜？如果所有想要到達的地方，都能像追日的旅行一樣，那可眞是場最陶醉人的夢話。那麼也請酒神許我微弱的夢想，一條追日的隆冬公路之行。一直向南，就可以了。

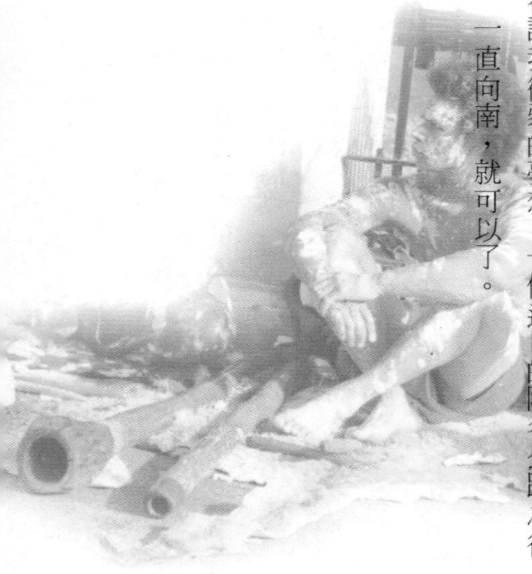

作者寫眞

林乃文

國立藝術學院戲劇研究所畢業，師事姚一葦，主修編劇。曾任教師，傳播公司執行製作、企編、製作經理，電視台企劃，網站編輯等工作。與文字誤打誤撞結緣，數度誤解拆夥，終於認命結褵。對鬻文爲生，文字是否行如娼妓；或搬字堆文，竟堆成崎嶇阻難之獨白，不再爭辯。但願歲月靜好，國泰民安。

野人之籟

張瀛太

朋友的媽媽有一天聽了電視上的名家演唱藝術歌曲，她問：是不是把歌唱得很難聽，唱到「聽無」的那種，就叫藝術歌曲？

的確，「聽無的那種」眞是種藝術。能把「聽無的」聽懂，需要一種技術，若把「聽無的」聽到眞的「無」——無技術且無負擔，那也是種藝術。

什麼是「聽無」的藝術？也許是無心之間的隨意流覽，也許是不同文化場景的陌生感、新鮮感，像我們旅行中不期然聽到的幾句吟詠，這和特意買票進入音樂廳聆賞的音

➜倫敦街頭來自第三世界的「野人之籟」。

樂又是異樣情趣。

你曾留意那個地鐵歌手唱的是什麼？隨著趕車人潮匆匆前去，誰也沒把握能駐足多久？能聆聽、能仔細到什麼程度？那麼就隨興吧，也許「不必留意」才是我們眞正得到的情趣。

我曾千里迢迢，去趕赴一場藝術盛宴，倫敦皇后劇院的〈歌劇魅影〉、愛丁堡的藝術節。那是你從書中熟悉的、事先準備好功課，準備去印證或一償宿願的。結果全是可期的，

➜英國溫泉之城巴斯的街頭藝人。

問題只在滿意程度的差異。問我爲什麼去？我只能解釋是一種朝聖心態，或爲了感染嘉年華的熱烈氣氛，像故意去染一頭花粉熱。

但總有某些你不在乎或不經意就聽到見到的，像路邊攤，不用穿禮服、扮淑女就可以隨地享用，忘了自己付多少款或沒有付款；事過之後，可能印象不深，或組不起一個完整的印象，只剩感覺，而這感覺隨著時光流逝可能全流到沙漏之底。但我們的沙漏底層卻肯定多了一些來歷不明的沙，那好像更接近生命，生命中許多事物本來就不全是有條有理的。做累了文明人，看累了那些布爾喬亞的文雅名堂，有時只想來點沒有頭銜的、沒有綴飾的小菜；給我一點「隨意」吧，也許失望，也許出人意表，但總是種滋味。沒有負擔。

旅行中，我是個隨波逐流者，不循著地圖和指南去走。我從不過問，自己出來旅行是爲什麼？所見所遇因此都成爲一種驚奇——就當作是投向另一種生命的可能，和上帝捉迷藏。我原來的身分、名堂到這裡全都註銷了，我成爲一個「自己」，沒經過特意或人爲的選擇。在這個「隨意」裡，你終於可以坐下來，放心品嚐自己。是不是從來沒發現自己是可以品嚐的？我們的味蕾在那些慣有的滋味間已變得疲懶、麻木了。

也許「習慣」使人覺得寂寞和單調，所以我們努力地找尋一些「陌生」來澆灌自己。旅行是投向陌生，途中所聽到的，不管是人聲、樂聲、蟲聲、車聲，全都不一樣了。有人問我特地出一趟遠門，也去了音樂廳，到底聽了什麼特別的音樂。我該怎麼說呢？我曾經選擇所謂的「人籟」去傾聽。但假若我已分不出孰是「人籟」、孰是「天籟」，那麼可否選擇「野籟」呢？

看看那些不知名的歌者，不管有人圍觀、還是乏人問津，在廣闊的天地間，他們把自己盡情地展露，身上的五顏六色，不一定是宣洩，也不一定是爭奇鬥艷，只是要歌頌生命，和春天一起綻放；而駐足或路過的行人呢，他們的腳步是大地的五線譜，隨意塡上一些音符——不知名的小花小草，也算首歌，但你能叫得出名字嗎？啊，於我這忘形的野人，姑且稱爲野人之籟吧。

作者寫真

張瀛太

一九六五年生。台灣大學文學博士。曾任輔仁大學教師、中國青年寫作協會秘書長，現爲國立海洋大學共同科助理教授。

曾獲《聯合報》小說獎第一名、時報文學獎散文首獎、《中央日報》小說獎第一名、八十八年度小說獎……等近二十項文學獎。著有小說集《巢渡》、行政院新聞局優良電影劇本獎作品《盟》。

我聽見旅行的聲音

黃惠鈴

旅行，一定得記得帶著耳朵。

很多人出門一定記得帶嘴巴和眼睛，可是卻忘了把耳朵給帶上，美食吃了、美景看了，卻獨獨沒留住聲音的記憶。其實，聲音是一輩子的回聲機，十幾二十年驀然回首，也許是一句似曾相見的話語、也許是漂浮空氣中，驟然出現的一段音符，就這麼地，勾起了千百年前內心深緲的記憶，隨著聲音的牽動，拉近了記憶的畫面。

因為上癮，我已經中了旅行的蟲，生

→魁北克的街頭之聲。

活不能沒有出遊，只要停留過久未出門旅行　渾身就不對勁，不管有沒有人同行，我都不會覺得掃興，因爲旅途中只要帶著耳朵，就如同有旅伴，永遠不寂寞。

不管身在何處，我總是豎著耳，注意地傾聽。

耳朵是我最好的伴侶，而且最Free，又不必擔心會鬧彆扭，高興的時候，敞開大方地接納各種聲音，想暫時「分手」也沒什麼不可以，只要把耳朵關上靜靜地沈思。大多數的人喜歡到各地享受美食，我也喜歡，可是食物會有

➔把耳朵張開，聆聽瀑布的萬馬奔騰。

口味與乾不乾淨的問題，「聲音」卻沒有吃壞肚子的可能。有耳朵作伴眞是百益而無害。

其實，聲音也是一種音樂，說話也是一種曲調。

無論到哪個國家，不管聽得懂不懂他們的詞彙，我看著說話人的神采、細細品嚐語言的抑揚頓挫，哪怕是我所沒接觸過的語言、連一個字也不瞭解的語意，我喜歡猜、也喜歡享受看著、聽著人和人之間的往來與溝通，像一股魔力，引領我進入不同的人生與體驗。就像欣賞不同樂曲的曲風，有爵士、古典、民謠、New Age……隨著音樂的節奏，或搖擺、或雀躍、或哼唱。

語言與聲調是一樣奇妙的化妝師，每一個地方，都會因著民族特性的不同，展現出不同發聲的語調與口氣。

上海人的呢噥細語，彷彿春天初開的杜鵑，一撮撮一叢叢，嬌豔地盛開；日本人恰似溫柔的聲調，又像岩壁上的百合，柔弱中帶著鏗鏘有力的節奏；巴里島人特殊的聲音，昂溢著巴朗的明快樂風，可是每個人說話的表情與語調，卻又像情緒化的啄木鳥，嘰哩咕嚕個不停；而謙和儒雅的英國Gentleman，流暢平緩中流露著驕傲與自負，猶如初夏的雷陣雨，一陣滴滴答答接踵而來，一下子又撥雲見日露出燦爛的陽光，不可一世的矗立在雲端。

除了聲音，旅途中的樂曲也經常召喚著我的耳朵與心靈，我似乎和音樂有一些緣分。記得日本琉球搭便車遇上的那位小姐，當她發現攔她便車的人是「外國人」時，她馬上翻箱倒櫃，從車廂置物櫃找出琉球地區特有的民族風音樂——三絃琴演歌集，讓我這搭便車者不僅得了便宜又加倍附送他們國家的特色樂曲。那次的旅途，最後還隨著人家到海邊參加BBQ烤肉會，一邊喝著啤酒，一邊比手劃腳，海風取代了寒暄，友善地打成了一片。在未來的日子裡，腦海中總是迴盪著三絃和海浪的聲音，和那位Ka-wa-i（可愛）女孩的笑容。

有一年到加拿大旅行，我坐在安大略湖湖畔發呆，有好多海鳥飛翔在湖面上，身旁總是出現印地安人隨意彈唱的樂曲，豪邁中流露著哀戚，就像我一個單獨旅行者的心情，寂寞卻又自在。也許是一時的感動，我竟然有一種非要留住這「聲音」的慾望，好似擔心一旦離開加拿大東岸，就再也和這聲音別離似的。從來不知道人和一段音樂也能發生感情，爲了害怕思念，我向路上的印地安人買了好幾片他們自錄的CD，回家後，我還可以在音樂中和加拿大「搏感情」。

未來，我依然喜歡旅行，我不再孤獨旅行，除了耳朵，我會緊跟著我的老公和他的

耳朵，我們一起結伴到台灣和世界各地去聽不同的聲音，然後，回到舒適的窩，我們一起分享。也許有一天，當我們老到坐在搖椅慢慢搖時（趙詠華的歌），我們聽著音樂，因爲聲音而回想起許多記憶，也許，就是一種幸福。

作者寫真

黃惠鈴

酷愛旅行，著有《再窮也要去旅行》等書。

天秤座，超級公平主義，厭煩一絲的虛僞。

A型，沒有優柔寡斷，不會保守多愁

每天每月每年——工作　玩樂　工作　玩樂

一封音樂與旅遊的情書

黃裕欽

親愛的：

音樂是妳生命的全部，旅遊是我終生的方向，我們如何才能共織一生？

爲了音樂，妳二十歲時遠赴歐洲留學多年，巡迴各地演出，年幼即在他鄉長時地奔波，只爲實現自己的理想。每次上台的演出是妳生命光體的展現，一個城市接著另一個城市間的長短旅途，只是妳生命樂章裡喘息的休止符。

同一年我離開台灣赴美留學十年，爲的是能看遍天下。馳騁於北美大陸，從魁北克市到瓜地馬拉市，漫漫長途的州際公路上，我喜歡眺望周遭隨著春夏秋冬改變的林葉，也許是嫩芽綠樹楓紅或枯枝，忘卻旅程的眞正動機，體會人生的愜意與無憂，在安靜無聲的房車裡，有我快樂的眼神與平安的心。不停地加油上路與數以億計消失在路上的輪轉是我的成就，儀表板上繼續累積的里程數秀出我傲人的成績。

妳說，學習單簧管要不斷地吹奏練習，才能找到最佳情感與最流暢的吹吐氣流相互契合，唯有全身生理的配合與靈魂的投入才能達到最美的境界。當妳細長的十支手指牢固地掐住那粗長鑲金的黑管，一口又一口吐出生命的元氣，在萬千浪花般的風火手指起伏下，高低的頻率傳出正面的能量，直逼人心。妳的理性不忘提醒自己下一個音節的變化，妳的感性已充滿隨管擺動的全身，洋溢在每個柔美和順的樂音裡。

我雙手握緊的是圓形鏤空的方向盤，爲趕赴下班後一場市中心的歌劇，機警地穿梭於休士頓的都會車潮中，大小高低、五顏六色、快慢不一的胖瘦車子被我抛向腦後，開場的秒數正在倒數，路況仍被大小高低、五顏六色、快慢不一的胖瘦車子所掩

➜漫長的州際公路上，在安靜無聲的房車裡，有著作者文人式的無盡思念。

蔽，我的理性不忘提醒自己遵守交通規則與禮貌，我的感性已隨著車裡音箱放送出的高昂激情的女高音美聲而流竄高空。

妳說，上台只有兩個原因，一是自己愛現，一是爲學生示範。回國後妳每年都要到小廳開獨奏會，台下常常佈滿著一張張稚氣的臉龐，或家長相陪，或三五成群，沒有歌迷影迷的熱情，只有學習與尊敬的氣息。熱力的探照燈打在妳妝扮後的身影，低胸掛肩與簡單裁式的素裝，散發出妳滿面彩粉後的氣質。每一次，我都沒有多餘的時間聽妳的黑管音樂，因爲妳的眼神已懾盡我所有的心力。

對我而言，舞台上的燈光太亮了。我

➜獨行俠在美國大峽谷的留影。

喜歡灑在漁人碼頭上的落日餘暉，沒有對錯快慢跳階變調的音符，只有單平的藍白天地，吸一口太平洋釀出的冷空氣，踏一步太平洋洗出的金沙，不需黑色西裝或是梳理整齊的頭髮，我的氣質來自於和周遭大自然取得和諧的共鳴，大地是舞台，陽光當探照燈。我一個人，在雪梨歌劇院前的石階前發呆，在關東溫泉鄉的歌伎表演中凝視。

妳說，獨奏的單簧管太孤獨，妳喜歡室內樂此起彼落的感覺。合奏、輪奏、協奏，台上無言的眼神相互傳遞不需要解釋的默契，好友和妳分享掌聲，也一同分擔眾人的炯炯眼光。畢竟音樂的學習過程是長期孤獨的苦練，同伴的歡笑最能提升妳偶爾於旅程中沈落的思緒。

但，我是獨行俠。長期孤獨的旅程是我沈澱心境的最佳良方，遠方飛過的雁與加油站陌生的服務人員和我有默契的眼神。沒有長芽的樂譜，我靠的是彩色的公路地圖，地圖上密密麻麻的粗細線條與大小圓圈，指引我走向繽紛的天涯海角，每每鼓舞我偶爾於旅程中低落的心情。

妳的生活如同音樂旋律，在變化中井然有序，全島每週北中南的教學課程，常是周而復始的耐心與磨鍊。妳說，妳怎麼教學生，將來學生們就怎麼教他們的學生，三年、五年就是一個音樂教學的世代，有個好開始，一代代傳下去，台灣的黑管教育就會因此改變。妳好小心，每一次交談，每一個字句，都是身為師表的典範。

我的日子似旅遊行程，在一段段安排妥當的會議無法預期地度過一天又一天。我學會隨性而行，想到就做，因為今天不做，明天不一定還有機會。走過的地方不必再來，看過的影像不需重複，時間如此寶貴，我捨不得聆聽同一首曲子。天地如此寬廣，紐奧良的爵士與巴黎香頌，只是我回憶美好時光的引子。

妳一直行走，追求成為音樂的歸人，我永遠旅遊，只想把音樂當成背景。我們一度在時空走道上相聚，卻又一再交錯而過，回首相視卻不再走向彼此。親愛的，不要離開我，告訴我，我們如何共織一生的美夢？

作者寫真

黃裕欽

一九六一年生於台北市，AB型天蠍座，物理學博士。大學時即立志為世界公民，曾旅居海外十年，雲遊全球二十多國及美國三十幾州。喜愛充滿閱讀、音樂、開學旅遊的生活。寫文章純屬偶然，有緣就作。

你是我的音樂

劉亮延

我們都知道吃義大利麵不可能不配醬料，這意思是，沒有人只光吃白煮的義大利麵條，義大利麵條可以借代成長壽麵條、拉麵條、白米飯、米粉、冬粉等白色但無味的澱粉類主食。

我們常常面對一碗甫起鍋的白色麵條慌張不知所措。我們以爲麵之眞實不容揭發，它的脆弱純眞作爲一種媚惑的主題並不恰當。於是我們剁碎了蒜頭、燜透了番茄，加入檸檬汁，在另一座灶上專注地攪拌起一種符合素食主義者要求，適當而不突兀的蛇。有引誘人犯罪功能的蛇。

故事是這樣開始的。

昨天晚上我煮了一鍋很勉強的醬料，拌義大利麵吃。

我喜歡酸的，客人說。

但是你薑加太多，
在麵裡必須伴橄欖油，我怕沒有油，胃會不舒服，我低頭默默吞著麵。
如果沒有萵苣，這麵太單調。我才燙一整顆菜，我補充。
有蒜、番茄、薑絲、檸檬、魚露、鹽。我仔細回想著配料
這麵不錯，味道雖怪但都還在約定俗成的規範中。客人說。
這麵不錯，開始在我腦子盪。我解釋著醬，但他說的卻是，麵不錯。
我若乾煮一鍋麵給你吃，若什麼醬也不放，你會說，這麵不錯？
不，你會說，這太沒味道。吃不下。
但是你不是才剛說要吃麵，
對，你會說。但麵的重點在醬。
但我若乾調一鍋醬，說這便是晚餐的全部？

所以我們開始思考主題。是什麼？從哪來？長得怎樣？有無一貫的形式可循？
我煮了一碗麵，喔不，我花在調配醬料的時間比煮開一鍋水下一把麵的時間還多。我
應該是煮了一種醬。麵只是作為最後呈現時的一種撫慰，一張假面，妥協，或莫可奈何。

當我需要音樂的時候，我的意思是，當世界離我太遠；把我和世界隔開的虛無擴大，它以一種比水更悠然的姿態蔓延開來，躺在地上，從門縫滲進來。我被世界排斥。當我過分自溺的時候、沈默的時候，音樂是必須存在的一種語言。

當我們一天說了太多話最後回到自己房間，忽然感覺自己不知該說什麼好了，或不可能對著自己再多說些什麼，但思考又不得不藉由語言運作，我們無法不對自己說話。音樂跟麵類似。曲調節奏本身白而無味，通常譜子都一樣，但演奏是臨場即時的，它的異質必定存在，醬料也可說是鍋鍋不同。

爲了眞正看見表演音樂的人而非看見聽音樂的人，我很少眞的走進音樂廳或演唱會場子，像一個觀衆的複製品，也很不積極地去認識樂團演奏者等。我不知該如何介入古典或流行音樂的消費行爲。我是消極的聽衆。

令我動容的音樂是只發生一次，私密的，別人不知道的。

我書桌前的窗子有音樂，我不認識那些貓，但我極感動於牠們叫春的聲音。貓打炮的春聲很美，這叫in full throat，我的句子是「呼出生命的喘」。那是種極至誠懇又切中要旨的音樂。

倫敦Heathrow機場Terminal 4的音樂。在我發愁地蹲著等飛機的那兩個鐘頭，曲名叫復沓而至，不規律的廣播，和一些回音，旅人的腳踏；節奏是間歇，它傳達出一種斷裂的理性。

我老家隔壁聒噪的老鴇，操著外省腔，用客家話刻薄她沒用的兒子和媳婦，她家頂樓養的十幾隻博美狗和一隻猴子。是音樂。

布魯克林區毛都沒長齊的小混混嗆我一個迷路的異鄉客，使用的不熟練黑鬼口音。

泰國人妖下了秀，任人付錢拍照時的交談，男人的聲音連珠炮地唸了好幾行押了韻的詩。

花蓮志學村，我寢室樓下凌晨三點鐘的的雞噪。有雞和火雞甚至鵝。

當我洗澡正舒暢，我的手機響起。我狠狠地捨棄不顧。

我電腦風扇轉著。

敲打鍵盤。

摩卡壺煮滾蒸汽滋滋。

啪啪地打著炮。

我妹孱弱的手勁彈蕭邦夜曲。

我國小六年級的朗讀比賽錄音。

下雨。
車禍。
地震的時候。
我的屎掉到水裡去了。

這世界有太多音樂在唱片外面，在錄音外面，在鋼琴大師三大男高音天籟美聲實力派唱將外面，在世界和我之間的大虛空裡。我們說到旅行，當有一天，人走出自己的畫框，回頭看畫框便無處不是異鄉，無處不清醒了。

我提倡宿命的光榮性，因為那誠懇那實在。一個人要先有他的異國，才有原鄉；音樂食物作為一種提供異國情調最便捷的工具，我們得先看見那為數衆多一直繞在身邊的，私密的音樂。

你是我的音樂。

就醬。

作者寫真

劉亮延

一九七九年生，現就讀東華大學創作與英語文學研究所，曾自費出版詩集《你那菊花的年代》。九七年與友人結社出版《中間文集》。熱衷於劇場活動、詩創作與影像記錄。

聽覺即興曲

劉向慈

在睜開眼睛之前，一天不算開始。

但我是醒著的，意識存在於一個只有聲音的世界。呼掠的風挾著春天的尾巴，撞得頂樓的鋁門窗框忽而轟隆忽而劈啪作響。在方圓八百公尺內平均樓高四層的社區裡，獨立於七層公寓屋頂平台的九樓小頂房，彷若圓心般，受著毫無阻攔的四面風向如半徑直直一線逼來。這是個有雲有風的清晨，我猜想。

貓在房門外第二階的地毯上磨蹭，半睡半等。貓的耐心只有一分鐘半，於是每隔須臾便要呼叫一番，期待下階梯的搖晃腳步聲回應她的飢餓哀求。停在窗外九重葛枯枝上的白頭翁一句句哼著，不甘示弱的貓翻身上窗台，學著鳥巍巍顫顫不成調地抖唱，或愚蠢或天真。

……仍不肯睜眼。

繼續與時間作無謂抗爭，用睡意自我欺騙。一天還不算開始。這只是在片頭鋪路的背景音樂。故事尚未開始。我還沒出發。

＊　＊　＊

◆**夏夜紐約，藏在維瓦第的春天裡**

在東十街和東十一街之間的第二大道上。

一七〇號，五樓從左邊數過來第三個窗子。

一九九六年夏天，那是我的窗子。紐約的夏天會讓人想起台北，那種悶。對面的世界：遊民、妓女、聖馬可墓園，與大道對岸我的世界一樣四季分明。入夜後，十一

➜紐約百老匯音樂劇《芝加哥》廣告看板。

街的轉角的公共電話附近妓女三兩站崗，遊民則蜷在十街街口小廣場的公共座椅上，占好床位。

聖馬可墓園欄杆外的人行道附近，從來不是習慣上會出現街頭表演的地點，除了遊民偶爾興起在地盤上唱兩句或喊兩句。那麼，站在樹下拉小提琴的傢伙是誰？他是在練習吧？老是重複維瓦第的〈四季〉裡，春天的那一段小提琴。將近午夜，急促滂沱的小提琴音像春天入夏前那種直直落不換氣的雨，箭一樣地下，一直下一直下……從窗口看出去，避開黑壓壓的路樹，我只能找到一個男子的身影，連髮色都被蓋上夜色而晦暗不明。

坐在房裡的我，有一種淋過大雨的快意舒暢。

◆聖文生醫院手術室裡的Johnny Hartman

St. Vincent's Hospital, 7th Ave. and 12th St., tel. 212/604-7997.

令我不舒服的不是即將進入手術房這件事，而是左腕上那只用英文寫著護照上姓名的塑膠名牌。局部麻醉的緣故，整件事我從頭到尾都是清醒的，那只塑膠手環名牌從頭到尾提醒著我與死亡的親密關係，雖然有一個多小時我的手沒有任何感覺。爲什麼要用透明塑膠。我討厭那個名牌，我痛恨意識到「沒有重量，沒有價值，用過即丟」這件事。

是Johnny的歌聲讓我忘了。

知道我喜歡聽Jazz，我的醫生Vincent當然也知道在意識清醒下躺著被動手術的病人是需要一些幫助分心的事物。他讓Johnny Hartman在手術室裡唱著〈Kiss & Run〉、〈If I am Lucky〉……；）

我真的不記得那天Johnny還唱了些什麼，我只記得從手術開始到結束，我都是心情輕鬆地和醫生Vincent聊著。

Johnny Hartman's "I Just Dropped By to Say Hello".

◆陌生的羅馬，熟悉的蘇珊娜

我以為我是屬於視覺系的。我一向沈迷看電影的時候最明顯。我一向沈迷於情節的發展而聽不見藏身於後鼓動情緒的背景音樂。

只有在旅行時，當所有感官暴露在陌生環境下而提高警覺，讓各種不熟悉的聲音不斷輪流進行刺激，我的聽覺才會醒來一點點。

抵達羅馬的第一天，我的精神一點都不好。於是沿著旅館附近隨處亂走，繞著轉著。大概是被書店的櫥窗抓住目光，一口氣穿越馬路，從公車面前衝過，鑽進共和廣場附近一棟大樓的穿堂迴廊裡。

➜在義大利聽見〈歸來吧，蘇珊娜〉。

➜遠離維瓦第的「冬季」。

結果，我並沒有走進那家書店。因爲我聽見有人在迴廊的咖啡座前演奏著〈歸來吧，蘇珊娜〉。

意識在此暫時停格。

我在中學音樂課本裡認識〈歸來吧，蘇珊娜〉。沒有任何事比在陌生環境聲音中聽見耳熟能詳的音樂，更令人感到突兀與撼動。熟悉的聲音帶出與陌生環境全然無關的一連串意義。弔詭的是，在義大利聽見〈歸來吧，蘇珊娜〉一點也不該感到奇怪。

從來沒認眞想過這首歌是另外一個民族的音樂。作祟的是我的經驗記憶。

* * *

誰在門外說話？有人在敲門嗎？好像是幾個男人加上一個女人。

還是風？
下雨了嗎？
隱約聽見雨滴快速刷過空氣，踢踏出聲。
我仍不肯睜眼。
在睜開眼睛之前，一天不算開始。

作者寫真

劉向慈

十八歲之後的旅程：在台北讀艾略特海明威Mansfield，到紐約唸契訶夫Stoppard品特Kantor，回台北寫兩年廣告文案，想演戲於是離開廣告公司，到不同的咖啡館端咖啡，演了一齣莎士比亞妹妹們的舞，然後失業，又想賺錢養自己於是到製片公司，當監製控制預算八個月後，漸漸討厭討價還價還是重操舊業，現在專職寫文案偶爾寫文案之外的文字。

眞愛無敵

賀俊垣

該選擇繼續還是離開？她內心無比掙扎，這個跟她平淡交往十一年，最後三年卻出軌的男人，沒有本錢腳踏兩條船，跨的姿態眞是醜斃了！既想回來重修舊好，又擺不平另一名女人的狐媚，她給的最後通牒，他還是用逃避來面對，即使她以死威脅，他依然躲在另一名女人的殼裡當寄居蟹。女人忍不住打了電話要求了斷，男的在電話那頭吶吶，她還聽得到他對另一頭女人的安撫。

「不要了！」她說。

「妳不要這樣爲難我，再給我一點時間嘛！把事情鬧大了，妳高興了吧！」男人理不直倒氣壯地說。

「不要了，眞的不要了，只請你答應永遠不要再來找我了。」女人歇斯底里地哭喊著。

切斷電話的同時，也切斷了她的婚姻路，這個她唯一想嫁的男人，看似忠厚老實，實則還是走上背叛之路，哭得像個淚人兒的她，大哥大響起，一下子根本無法掩飾哭過的聲音。

「寶貝，妳怎麼了？爲什麼哭了？」大哥大那頭傳來急切的關懷聲。

女人一下子不知該如何跟眼前這位愛吃醋的交往對象，交代她現在的心情，雖然痛恨被男友背叛，但在他來來去去的最後一年，她偶然認識了現在這位愛人，只能稱愛人，她想。因爲她並不打算嫁給他，也不打算公開跟他的關係，因爲他們一個禮拜才見一次面，很多問題是不能碰觸的，彼此也沒有去過對方住的地方，不曾公開逛街，他們並沒有走進對方的現實生活中，只是每晚的情話綿綿，她不知道他們是什麼關係，她只是對他在情感上產生莫大的依賴。對於這個動不動就胡亂吃醋的大男人，她要如何交代她又回頭試著和舊男友交往了半年，即便最後他又離開了她。

「我——」她囁嚅著。

「妳到底發生了什麼事？」行動電話那頭傳來更急切的聲音。

就在她瞬間轉動腦筋不知該如何回答他時，好死不死電話又響起，前男友想要再確定她是否永遠不會原諒他了。拿著大哥大，她只好編個理由說，哭泣是因爲分手的男友來電告知他要結婚了，他從大哥大裡也聽到了她電話答錄機有男人的喃喃告白，她慌了

手腳，趕緊把大哥大掛了，如果讓他聽見前男友說話跟請求原諒的內容，她相信無論如何她是跳到黃河也無法跟他解釋清楚，然後他會用尖酸刻薄的話來侮辱她，說些不是事實的話來傷她的心，她害怕從此失去每晚的電話溫存——來自於這個她只愛而不瞭解的男人的愛語。

此時，大哥大又響起，她的心情一片混亂。

「我只喜歡妳，卻永不再愛妳了，因爲妳竟然在我愛妳的同時，心中還在想著別的男人。」怎麼會這樣，女人好害怕。

「事情不是你想的那樣，不要不愛我，求求你！」諷刺的是，她也必須學前任男友般說些謊言來安撫這個溫柔卻愛吃醋的男人。

「沒什麼好說了，已經分手的男友要結婚都可以讓妳哭得這麼傷心，我不想也不能再愛妳了。」扣的一聲掛掉電話。

夠了，她想。一個晚上同時失去兩個男人。她哭得發抖，這是怎麼回事。

「爲什麼老天這樣捉弄我？」

她已經哭到沒有力氣，罷了，都走吧，合該這輩子就該注定孤單一人了，還能怎麼樣！

第二天她醒來時，心情沈重極了，爲什麼自己還活著？她想。上班也是有氣無力，誰能瞭解自己一夕間失去了所有的愛人，怎麼會這麼巧，平常要他打來他還不打，不該打來的時候，偏偏來湊這個熱鬧！

大哥大又響起，是他。她可以聽聲辨人，但怎麼會打來呢？這個說不再愛我的男人。

「妳還好嗎？昨晚哭得這麼傷心，現在好一點沒？」

她不敢相信自己的耳朵，這個醋罈子，怎麼可能此刻如此溫柔？

「我以爲永遠接不到你的電話了！」她嬌癲地對他說。

「小傻瓜，我還是愛妳的，昨天只是生氣才說出那些話，妳願意原諒我這像個瘋子的老男人嗎？」

她眞是喜出望外，又感動不已，從來沒有人這樣溫柔地對待過她，尤其是如此地溫暖著她的心靈。她怯生生地提出要求。

「晚上碰個面好嗎？」

他一向拒絕在固定的時間以外碰面，忙是他的藉口，她只是他衆多女友之一，則是她的猜測。

「好，但是不能待太久。」這樣不合邏輯的回答，對她已經是一種恩賜。爲什麼他不願花太多時間跟她碰面？她始終無法得到眞正的解答。

日子一天一天過，他們依然每天晚上通電話，就算她到國外旅遊，還可以接到他的越洋電話，而這也是她從沒從其他男人身上感受過的體貼，他已經變成她生活的一部分跟感情的所有重心。所以當她答應和朋友到巴黎旅遊，卻沒有他同行時，每經過一個景點，她都會在心中輕輕喚著他的名，就當作他也跟著她欣賞這些風景一般，她想念他，但是他不喜歡她到處旅遊。

「多麼希望你能跟我一起體驗異國風光啊！」她輕輕在心中吶喊。

THE CITY IS SO EMPTY，只因這裡沒有你，
THE CITY IS SO EMPTY，這天地彷彿要失去主題，
THE CITY IS SO EMPTY，只因這裡沒有你，
THE CITY IS SO EMPTY，可是我依然相信真愛無敵。

許如芸空淡的回音，更加深她對他的思念。但是回國後第一通電話，他們就吵了一架。

「妳幾點回來，現在才打電話給我？」語氣冷冷的，好像他根本不曾在乎過她。對於這個愛吵架，愛吃醋，卻常常不懂掩飾還有其他女人的男人，她不願去證實自己的猜測，卻好奇自己受不了前男友的腳踏兩條船，爲何願意睜一隻眼閉一隻眼當這個男人好多船裡的一艘。

也許也該離開了！

作者寫真

賀俊垣

電子媒體記者，屬蛇，酷愛自由的水瓶座。

雖然寫的是「眞愛無敵」，但是已不相信愛情的恆久度。

喜愛音樂、看書。

輯五：音樂在旅途上

舊地・重遊

張永智

從來沒有想過，光夏的歌便在耳際響了這麼多年！

清晨，我宛如一尊雕像似地倚坐在石門洞海邊的石岩上，怔怔地望著那色系詭異的微藍天空，太陽不情願地鑲在幾朵烏雲的背後，懶懶地睜不開雙眼，倒不知是埋怨晨遊旅客的喧鬧，抑或倦怠了這日出夜伏的規律循環。總之，今天的太陽，有些微恙！

很久沒有這麼放肆而豐沛的心情了，這麼些年下來，旅行和流浪幾乎劃上了等號，我慣常在生命狀態面臨轉折的當口，將自己丟在一個全新且陌生的時空裡漂流，我想起第一次看見巴黎蜿蜒的河岸小街，來來往往著熟悉且陌生的眼神，六法朗一杯的義大利濃縮咖啡，宛如盆栽般地植在露天咖啡座前的小圓桌上，自在而瀟灑地供人品飲，而這些組合，總也算盡職地爲巴黎的浪漫增添了幾筆令人莞爾的色彩。

其實異鄉初踏的旅程，通常充斥了太多陌生的元素，應接不暇的感官刺激總讓人不易在當時當刻有所沈澱，每值此時，身體所有的細胞都會自動地歸位成檔案資訊的記錄器，一筆一筆地記載著異鄉的人、事、物，宛如乾涸的海綿，剎時遇水般的貪婪；這當然不是旅行的初衷，但人性中，最無法避去的就是這些過度氾濫的好奇心，因爲它，往往讓旅行的過程，帶點兒匆忙有餘而閒適不足的遺憾。

➜踽踽獨行在海浪拍擊岸邊延伸而出的磯岩。

舊地重遊，是最具韻味的了。

昨夜，一翩然少年，漾蕩著玫瑰的青春與熱情，絜絜地邀約前往石門洞的海岸看日出，這個台灣北海岸的景點，曾經也是自己青澀年少時光的必遊之地。這些年來，雖身居北淡水，但因觀光客太多，幾乎甚少再有什麼興致前往一遊，這個提議，此刻源自一年輕而浪漫的唇齒之間，瞬間便也將我擢置於十來歲那個童稚少年的時光氛圍之下，我的體內開始盈貫著一種拾荒的衝動，震顫著一脈強烈的思念。

車窗外的空氣，蘊含著海風以及夏日雷雨過後的清新，深夜的海岸線，只約略可以辨識的是幾波放肆脫序的白浪，這些景緻，早已鏤刻在記憶中不下千遍了，而我卻像是個扮了裝的過氣歌星，走回昔日舞台，向著繽紛的投射強光，盡數著眼前熟識的觀衆席次，便一骨碌地陷在一片過去的榮光之中，拈笑沈醉而無法自拔了。

光夏低沈而渺遠的歌聲，便在此時自耳際暈染而出，像一只催撥青春的時針，滴滴指向這許多年來的美麗與哀愁。

「十二月的陽光下，我轉頭看你的側臉
你的聲音，猶如蕩漾在微風中的一首歌
啦……。」

這首暗戀的情節，曾經在光夏「河岸留言」的音樂發表會上娓娓輕吟，後來在我的一齣舞台劇裡，隨戲而歌，後來收錄在「我是雷光夏」的個人專輯裡，改了名字叫〈情節〉。幾年前，我為台北東區藝術節籌劃一個總體藝術的展演作品，卻又按捺不住地央請光夏現場演唱這首歌曲，想是我中了毒、上了癮了。

和光夏相識在高中輕狂的歲月裡，那個時候彼此瞧不順眼，總覺得對方的身上就是多了那麼點不可一世的傲氣，她是合唱團團長，我是儀隊兼升旗手。高二的時候，在一次高信譚的演講會上莫名地結上了樑子，誰知冤家路窄，高三一場英文演講比賽，又兩兩對上了！後來，在虎落「南陽」的囚籠裡巧遇，衝口而出既驚且喜的「你……」字，以及幾聲無奈的嘆息，竟冰釋了那專屬於年少不共戴天的血海深仇，自此，解了結的冤家，便多了一份相知相惜的革命情感。

海浪咄咄地擊拍著岸邊延伸而出的磯岩，起起落落的節奏與韻律，卻是這漫長歲月中不曾改變的，自己這幾年來創作或出版的不少音樂作品，總是或多或少與海的聲音有些關連，至此，才發現眞正的原因爲何。面對這自然的律動，靈魂深處的感動與美的記憶，如春泉般地奔湧而上，光夏的歌聲不曾稍褪，海浪、記憶、交相搭配著微恙而虛弱的太陽，抹出了天空詭異的色澤，這一趟舊地之旅，不經意地被一把青春之火點燃，卻失控地蔓延了過多屬於詩人的瓊汁玉液，延宕在輕狂與現實的時空中，撩撥出種種複雜的心情。

陽光終於起身灑向大海，起伏的海浪，披上了粼粼波光，伸展著自然而灑脫的姿態，招手回顧這一路走來的悲喜。這幅圖景，彷彿又揭開了舊地重遊另一層出人意表的美麗，含蓄卻又俏皮地！

作者寫真

張永智

國立藝術學院戲劇碩士。光武技術學院藝術概論講師；《大成報》專欄作家；專職舞台劇編導演、唱片製作編曲，電影、劇場、舞蹈等配樂工作。曾出版《只能叫悲劇的一種顏色，開始發酵》、《戀人戀曲99天》、《藍色信件》等書以及「世紀末呼吸」、「快樂咒」、「蝴蝶」、「希望咒」、「飛魚樂園」等音樂CD。

借東風

馮翊綱

杭州，臘月濃霜瀰蓋在西湖水面。

「西湖十景」其中一處，名曰「南屏晚鐘」，是描述西湖南岸的淨慈禪寺，在夕照餘暉中傳出的晚課鐘聲，也是西湖十景中，唯一以「聲」爲景的觀光點；這淨慈禪寺，座落於南屏山腳下。

南屏山？諸葛孔明借來東風，火燒連環戰船，架設「七星祭風壇」的南屏山？

赤壁鏖兵是真，借風燒船是假，乃是出於羅貫中的生花妙筆，但於明辨真假之後，我選擇相信小說，因爲這樣一來，活得比較有滋味。丁奉、徐盛領周瑜之命，在南屏山截殺孔明，孔明搶得先機，尋路逃往江邊，趙子龍駕小舟，接應而去。我循著路線，來至錢塘江邊，那銀甲長槍的大將，卻隱在哪一叢蘆葦之中？

小說入戲，卻又是另一番風流！源於徽漢、舊稱皮黃、成就於北京的京劇，便有《借東風》一折。話說民國初年，身爲「富連成」科班總教席的蕭長華，取出私藏多年的一套秘本，這是他幼年爲師父盧勝奎抄謄《赤壁鏖兵》劇本時，瞞著老師，多抄的備份。此時拿出來，是爲了成就他的愛徒：正要學成出科、日後一派宗師的馬連良。蕭長華說戲、排戲，大致完成，卻發現「借風」一折過於簡陋，大可以再加新詞，也可使扮演孔明的馬連良增加表現，於是動筆，寫下傳唱百年的「借東風」。演員未出場，先「悶簾」唱一句無板無眼，自由節奏的「二黃倒板」：

習天書學妙法猶如反掌。

出場，亮相！孔明身穿道袍，手執寶劍，披髮及肩，胡琴緊拉兩個尖音，轉節奏，一句快拍的「迴龍」：

➜杭州西湖蘇堤上明媚的春光。（孟樊攝）

設壇台借東風相助周郎。

胡琴轉拉長過門兒，接下來，是一板一眼，大段的「二黃原板」：

曹孟德占天時兵多將廣，領人馬下江南兵紮在長江。

孫仲謀無決策難以抵擋，東吳的臣武將要戰文官要降；

那魯子敬到江夏把虛實探望，

搬請我諸葛亮，過長江，同心破曹，共作商量。

那龐士元獻連環俱已停當，數九天少東風急壞了周郎。

我料定了甲子日東風必降，南屏山設壇台足踏魁罡。

我這裡執法劍把七星壇上……

做身段，模擬上山的動作，在壇前站定，遠眺瞭望，接唱：

諸葛亮站壇台觀瞻四方……望江北鎖戰船連環排上。

嘆只嘆！東風起，火燒戰船，曹營的兵將無處躲藏。

這也是大數盡難逃羅網，我這裡假意兒祝告上蒼……

作法，鑼聲模擬風聲，旌旗搖動，接唱自由節奏的「散板」：

耳聽得風聲起從東而降，我不免返夏口再做主張。

歷史是眞，故事是假；「借東風」是假，蕭長華、馬連良是眞；戲台上的興亡是假，傳唱的戲詞是眞。都說京劇沒落了，褪色了，是眞，然而它曾經風華絕代，流行二百年，卻也是眞；有人唱，有人聽，就還沒失傳。

那年冬天，我在東吳南屏山腳下，眼見四下無人，開懷大唱「借東風」，是眞。

作者寫真

馮翊綱

演員、作家、教師。所創辦之【相聲瓦舍】及作品家喻戶曉，著有劇本、散文、小說、理論研究文字、影音出版品二十餘種。曾獲國軍文藝金像獎、中國文藝獎章及十大傑出青年薪傳獎。

兩岸聽古樂

于善祿

◆樂・遊・緣

「大研古城」、「納西古樂」、「東巴文化」、「披星戴月」、「玉龍雪山」、「萬朵茶花」、「虎跳峽」、「天下第一灣」……，這些專屬於雲南麗江的天然、人文景觀，若不是親臨造訪、親身經歷，永遠都只是書本上的文字，以及觀光圖鑑裡的照片。

從來不知道什麼叫做因緣際會，可這次全讓我給碰上了：同一個月（一九九九年四月）內，在雲南麗江和台北新舞台聆聽同一個納西古樂會，演奏相去無幾（其實所保留的也僅有二十三支）的曲目。音樂雖然不是筆者的專業，但若從場地、氣氛、演奏者和聆樂者等幾個不同的面向，參照比較，似乎不失爲一種有趣的賞樂經驗。

一九九九年四月初的春假期間，由於筆者所服務的公司業績達到一定水準，公司便安排了一趟雲南之旅，行程當中還包括了昆明和石林（舊稱路南），但是以麗江三天兩夜的豐富之旅最令人難忘，這其中又以聆賞「大研納西古樂會」的演奏，讓人留下深刻的印象。

◆樂會有三老

其實在行前就已經陸陸續續地看到表演工作坊的「跨界隆重推薦」宣傳單，大紅爲底，附以一張強迫曝光的昏黃照片；後來筆者到麗江才知道這張照片的拍攝場所，就是大研納西古樂會的演奏場。這個場地位於大研古城現今最熱鬧的東大街旁，密士巷裡一座四合院內，天井可以擺上五、六十個座位，樓分兩層，均可容納觀衆；倘若滿場，應有一百多位觀衆。

➔麗江納西古樂的「老活寶」。

台上除了四根貼有對聯的柱子之外，在樂隊後面掛有「文昌帝君」的畫像，而畫像兩旁則掛著十多位已經過世的古樂會老人的遺像；看到這些遺像，再看看台上正在聚精會神演奏的老人們（占大多數，該古樂會近年已陸續展開傳習的工作，有年輕人已加入該會的行列），一縷縷思古之幽情湧然而生。

按照該會會長宣科（藏裔納西族，雲南麗江人）的說法，這個古樂會有「三老」：團員老（全團約三十多人，總歲數超過兩千歲）、樂器老（其中有明朝末年，楊升庵所贈的一把唐代型制的「曲項琵琶」，已經有四百年的歷史了）、曲目老（宋、元所存的曲目已不稀罕，該會還保有唐玄宗時期所御制的法曲，一千兩百多年，夠老了吧）。

➜納西古樂演奏會。

雖有三老，但全是寶，甚至於還有宣科這個老活寶。稱他老，他一定不承認，因爲相較於該會幾位已經八、九十歲的團員，他自稱是「青壯年」。周善甫稱他爲「鬼才宣科」，「由於有著多民族的血緣，故賦有穎悟的天秉和進取的氣質，不僅具有運用多種語言的能力，還慣於以多種民族的不同方式理解和思考問題……雖年近古稀，仍精神煥發，四方遊學。」（取材自筆者在麗江聽該會演奏的節目單）

此人幽默至極，筆者在麗江時沒碰著，因爲他正忙著與表演工作坊接洽來台演奏事宜，主持古樂會的演奏一事，便交給了會裡年輕的學員。一直到回了台灣，才眞正領略其語言的風趣，從他們與台灣的南、北管在圓山大飯店舉行觀摩研討會，到新舞台的正式演出，宣科中英夾雜地介紹著每個曲目的來歷與賞析，介紹著麗江的歷史、人文與風俗，他幾乎是全場氣氛的掌控者、注目的焦點。

◆人在樂中，樂在遠方？

「自從明清之際，道家洞經音樂傳入麗江幾百年來，這些古老的曲牌就一直在這裡紮下了根……到了清末，麗江城鄉間有三十三個古樂會在活動……民國年間，這些樂會因會員的社會地位分爲談經會、皇經會和民間樂會，形成了儀軌嚴密、程序複雜、等級分明的組織。」（取材自孫敏〈穿越時空的古樂〉一文，該文原登《山茶．人文地理雜誌》，一九九八年第三期）「道家洞經音樂」就是納西古樂主要演奏的內容，這是一種道教科儀用的音樂（如〈八卦〉、〈元始〉、〈十供養〉、〈清河老人〉等曲目），除此之外，尚有若干曲牌（如〈浪淘沙〉、〈到夏來〉、〈山坡羊〉、〈步步嬌〉、〈一江風〉、〈小白梅〉等）和民歌（如《栽秧調》）。

根據這兩次聆樂，筆者從中認識的一位團員表示，他／她們白天都仍是有自己的工作的，每天晚上甚至於只要在演出前半小時到會裡就可以了；有些團員加入的年資已經好幾十年，有些還是家傳的會員，但也有些是宣科（像星探似地）發現的；古樂會每個月都會支薪給會員的……她（會裡的民歌手）還講了好多好多。

→九十多歲的演奏家。

攤開地圖，麗江去此約四、五個台灣長，來回幾近五千公里，這一輩子不曉得還有沒有機會再次造訪；不管是器樂還是人聲，聽起來總是幽遠曠緲，筆者兩次聆樂之後，均選購了些納西古樂的錄音帶、CD以及VCD，時而於斗室中播放，仍能將思緒帶回到雲南麗江的玉龍雪山山間，或是大研古城的巷弄之中；那一碧清澈，那一溪潺潺，不知是人在樂中，還是樂在遠方？

作者寫真

于善祿

一九七〇年生，私立輔仁大學英國文學系學士，國立藝術學院戲劇研究所碩士，曾任揚智文化公司企劃部主任，現為國立台北藝術大學戲劇學系專任講師。

資訊的汲取者・密碼的解讀者・文字的嗜讀者・影像的沈迷者・聲音的隨興者・現象的詮釋者・空間的窩藏者・時間的流浪者・人文的思辨者→→→自期成爲一個「文藝復興人」。

到泰國看見鄧麗君

吳鈞堯

來到清邁。這裡種著鄧麗君的故事，一個用死亡灌溉，正不斷茁壯著的故事。

我正經過鄧麗君下榻的飯店，她必定走過的飯店大廳，跟她坐在車上看見的風景。我正經驗著鄧麗君經驗過的乾燥空氣，微微的風，猛烈得讓人睜不開眼睛的陽光。導遊引述在清邁流傳的故事，她得了氣喘，來此養病，服務生發現鄧麗君時她已奄奄一息，抽屜都被打開，物件灑了滿地，卻沒有找到氣喘藥。我依稀看見死亡的姿態，凌亂、失序、無助，以及怎麼說都說不盡的蒼涼。

鄧麗君蒼白的腳丫子從遊覽車外伸了過來。

這是螢光幕上傳來的畫面，各家新聞紛紛以特別報導揭露鄧麗君死亡，警察亂成一團擠在一起，包裹鄧麗君的黑色袋子閃爍攝影機的無禮的燈光，他們沒有照到鄧麗君，但拍到了她沒被包裹好的腳丫子。現在，鄧麗君蒼白的腳丫子從遊覽車外伸了過來，穿透遊覽車的玻璃窗，穿過我，而我，聽見了鄧麗君的歌。

* * *

我聽見了鄧麗君的歌。

那是在跟妻一起到歐洲旅遊的團隊上，旅客帶了鄧麗君的卡帶，在陌生的地域上不停播放耳熟的歌聲跟旋律。我來到德國跟瑞士，陡峭的山坡跟紅色屋簷的房子像從畫冊裡飄了出來，然後不可思議地跟你說，「沒錯，我在這裡。」在一地跟一地的遷徙間，我常覺得恍惚，並察覺空間的變化拉長了時間。

旅途漫長，有太多時間必須窩在遊覽車上，導遊提議旅客們輪流介紹自己，可以熟悉彼此，可以殺死時間。不知道有沒有旅客注意到正在播放的是鄧麗君的歌，一個陪伴許多中國人成長的名歌星，此刻，她正在穿透我，我看見她跟凌峰搭配主持勞軍節目，

在清邁雙龍寺尋找鄧麗君的足跡。（孟樊攝）

凌峰不時開她無關大雅的小小黃腔，士官兵笑成一團，臉上擠滿幸福而滿足的笑容。

從很早很早以前，鄧麗君的故事即在穿過許多人。她的崛起、她的歌聲、她在日本的發展、她跟林青霞在海外裸泳、她每年定期來清邁小住等等，最後，是她的死。

在導遊慫恿下，旅客拿著麥克風，逐一介紹自己的姓名跟職業，我想，我必曾認眞諦聽他們的介紹，但現在回憶起來，卻只記得車廂內迴盪著鄧麗君清新婉轉的歌聲，車外的風景一下子寬一下子窄，不久步入夜色。

我只記得這樣子。

* * *

我不只記得這樣子。

卻牢記著一幀褪色的鄧麗君照片露出雜貨店斑駁的牆上，彷彿堅持它的存在。

我不常旅行，卻是第二次到泰國。那是七月初的一個午後，我跟當地作家朋友歡聚後，跑到附近的鬧區，在一家擺設雜亂卻親切的雜貨店看見鄧麗君。照片上的她留短髮，抹紅紅的胭脂跟口紅。當時，我只是愣愣地看了一眼，知道牆上貼了張鄧麗君的照片，沒有刻意記下，沒料到還是深刻地記憶著。

早就聽聞過了，有華人的地方就有鄧麗君，我無法想像泰國僑胞是用什麼樣的鄉愁聆聽鄧麗君的歌，用什麼樣的情緒映照她的死？

旅途中，永遠不乏熱心的友人告知我等晚上可以閒逛之所；在異域，華文的聽見跟看見，在在讓人興起同文同種的慰藉，異域相逢，格外有股天涯相近之感；這免不了勾引起我的北京之行的回憶。其中一天安排踏訪長城，近午時，長城在望，旋即抵達夢裡呼喚多時的長城。經歷苦難跟風沙，長城如如不動，隱約有股聲音從潛伏的黃土地底竄來，悠悠地說：「沒錯，我還在這裡。」

➜伊人已杳，清邁的旭昇溫泉依舊源泉不歇？（孟樊攝）

跟泰國作家朋友的餐聚上，我們東扯西聊，我不禁憂心泰華的下一代不熟稔華文，如果失去了語言跟文字的根，文學何以生存？免不了提起兩岸關係，特別是在新政府執政以後，打或者不打、談或者不談，人人意見不一。

至少，凡人如我等，已能談論政治了。

＊　＊　＊

至少，凡人如我等，人人都可以聽鄧麗君的。

我不知道「老鄧」鄧小平是否也聽「小鄧」鄧麗君的歌？如果他聽過，而且也在〈月亮代表我的心〉等歌曲中獲得共鳴，那麼，會不會有一種抒情緩緩誕生，從中看見衆生有情、衆生有苦；看見輝煌的中國擺脫近世紀以來的折難，終於是一昂頭的巨龍了。

我不知道風靡大陸的鄧麗君唱出同胞心裡什麼樣的情愫？

我亦不知道那張老舊的鄧麗君照片在什麼樣的因緣貼在雜貨店的牆上，又因爲什麼樣的因緣沒有因爲她的死亡而被撕下？

來到泰國。

這裡種著鄧麗君的故事，一個用死亡灌溉，正不斷茁壯著的故事。

我深信，這個故事將發展得長長久久。

而我，選擇記憶鄧麗君甜美的笑容跟多情溫柔的歌聲。

作者寫真

吳鈞堯

二十歲以前寫詩，曾獲香港傅家銘全球華人新詩獎，入選年度詩選，後寫小説跟散文。小説獲《中央日報》短篇小説第一名、《聯合報》極短篇小説獎第二名、《聯合報》短篇小説獎第三名、《中國時報》短篇小説評審獎等，散文獲教育部散文獎第一名、梁實秋散文獎、台北文學獎等。著有《女孩們經常被告知》（九歌）、《龍的憂鬱》（九歌）、《情幻色影》（探索）等多種。

東京新宿爵士行

周先富

對一個爵士迷來說，美國版的CD和日本版的CD可說是樂迷們的最愛，尤其是日本版的Jazz CD，更讓樂迷們視爲珍寶，原因無他，畢竟以日本人嚴謹、認眞、一絲不苟的處事態度，使得許多連美國本土都沒有的版本，能在日本出現，所以除了美國——爵士樂發源地之外，日本更是爵士迷們必須造訪的國家之一。

一九九九年九月十五日，當新航的七四七降落在偌大的成田機場時，筆者就抱著極度興奮的心情，來探索這個東北亞第一繁榮大城——東京。當然每個來過東京的遊客，都不免血拼一番，只不過吾等還有一個神聖的使命，就是希望能多瞭解日本的Jazz樂環境，以及唱片市場規模。位

➜新宿區的Virgin Megastore。

於關東平原，為日本國政治、經濟、文化、交通中心的東京，果然不是蓋的，光是成田機場乾淨、寬敞的空間比起舊金山國際機場有過之而無不及，而名震中外的地鐵更是密集，乘坐超方便且舒適，不懂日文的人沒關係，只要看看標示牌上的漢字就可瞭解。

東京的幅員極大，人口約有一千多萬人，比起台灣的總人口數約是二分之一，所以身在台灣的我們，就常常可見到出現在日劇畫面中擠得如沙丁魚般的電車，只不過佩服日本人的守法排隊習慣，在公共場合中絕對是守秩序的一群，由於筆者下榻的旅館在青山一丁目，正巧鄰近新宿（Shinjuku）、涉谷（Shibuya）、六本木、原宿等音樂極盛地，是故對這些著名的音樂城市留下了極深刻的印象，尤其是新宿。

新宿、涉谷、池袋（Ikebukur）可說是地鐵——山手線上血拼、逛街的三大城，但自從新宿南口的高島屋Times Square一九九

→新宿「Pit Inn」的入口處。

七年開幕後，涉谷就把這繁榮區的龍頭地位讓給了新宿，退居第二；而新宿可算是東京人潮最多的地方，主要分爲東口、西口及南口三部分，新宿車站更是全日本首屈一指、乘客人次最多的大站；如同每一個地鐵出口一樣，到處林立著高聳的建築物，像新光三越百貨、高島屋、京王百貨、小田急百貨、伊勢丹……，以及大型的電器量販店如Sakuraya、Camera no Doi、Yodo Bashi Camera等館，琳瑯滿目的貨品，真的是不把遊客榨乾不歇手，其實說穿了，也很像忠孝東路的街景，只不過規模較大、環境較清潔罷了！

一九九九年九月十七日晚，筆者一行人來到了五光十色的新宿，當然也好奇地逛逛新宿著名的「歌舞伎町一番街」，但主要是造訪著名的Jazz Pub「Pit Inn」；在這之前也逛過了涉谷有名的「Tower Records」、「ＨＭＶ」等大型國際連鎖ＣＤ店，而在新宿當然也有「ＨＭＶ」（在高島屋樓上）、「Virgin」等知名大店，基本上筆者覺得Virgin的氣氛、裝潢較讓人滿意，可媲美舊金山在Market Street旁的大「Virgin」ＣＤ店，但以上這些大店卻不怎麼吸引筆者，原因無他，就是非常地貴，畢竟日本東京的物價是台北的二倍。

在此推薦位於新宿東口附近的兩家ＣＤ店，一家是Tsutaya，另一家是Disk Union

Jazz館，Tsutaya店所販賣的CD其價格通常有折扣或抵免券，同時也有出租CD、LD、錄影帶、DVD等的業務，尤其是DVD部分，可說是新宿區最大的店；其次是Disk Union，這家在東京區至少擁有二十家以上的分店，除了賣新的CD、DVD，另外主要是二手LP、CD的買賣，而位於新宿的這家Disk Union，獨棟三層樓的建築物全部以Jazz樂爲主，CD之多也就司空見慣了，主要是其二樓全部上萬張的Jazz黑膠唱片，不論是新或舊，在日本人特有的一絲不苟的民族性使然下，整理分類得清清楚楚，井然有序，同時店員熱情、專業的服務態度，更是讓筆者難忘、當然高興的是挖到了不少的寶藏。

緊接著的重頭戲，就是前往「Pit Inn」去欣賞日籍名Jazz鋼琴家——辛島文雄（Fumio Karashima）所率領的三重奏表演，而「Pit Inn」這代表Jazz老字號的Pub，除此之外在六本木也有一家。

位於地下一樓的「Pit Inn」，外面並沒有顯著的招牌，而下樓至入口處，周圍牆壁貼滿著形形色色的樂手組合、演出時間及陣容，但粗糙的海報略顯簡陋，等到

➜「Pit Inn」的店徽。

入場後就別有洞天了，場地約可容納四十至五十人座位，並不大，但舞台、音響、燈光的設計、定位相當考究，音場相當地棒，無怪乎許多Jazz樂手在此留下珍貴的現場錄音作品；等到辛島文雄先生帶著年輕的鼓手——大坂昌彥、貝斯手——納浩一出場演奏，一開場Green Dolphin Street曲一響起，全場四十多人馬上鴉雀無聲，沈醉在辛島文雄的鋼琴彈奏中，此時馬上讓筆者回想起在八年前，無意間曾買到辛島文雄的CD，經查證是其一九八七年的作品「Transparent」，而想不到竟然有幸第一次造訪新宿「Pit Inn」就恰巧見到辛島文雄的高超琴藝，只見其十指彷彿是黏在琴鍵上靈巧地快速移動，時而激揚清越，鏗鏘有力，但在慢歌的彈奏下，卻又是那麼地陰柔纖細，扣人心絃，有著不同於歐美Jazz樂手保有東方人細膩感情的一面。

筆者與辛島文雄於「Pit Inn」合影留念。

在二個Set約一百分鐘表演結束後，筆者斗膽上前與辛島文雄先生閒聊了一會兒，而慈祥開朗的辛島文雄也熱情地回答筆者所提出的好奇問題，尤其問到一些音樂上的見解、看法時，辛島文雄先生馬上就回問筆者是不是也是一位Player？（筆者年輕時曾玩團演奏Alto Sax）其敏銳度之強，讓人欽佩！無怪乎在日本Jazz樂界享有盛名，交談甚歡，告別時辛島文雄先生也留給筆者連絡電話，而筆者同時也衷心期盼不久的將來，其能率領所屬的樂團造訪台北；最後吾等懷著極度滿足的心情踏上歸途，這眞的是一次永難忘懷的「新宿Pit Inn」之夜。

作者寫真

周先富

★俗稱：Jeff，小富（討厭別人直呼全名）★有時天蠍座，有時天秤座★喜歡森林勝過海★喜歡烹調、辣味食物★福爾摩斯、亞森羅蘋、希區考克迷★敬佩的政治人物：林肯、俾斯麥★目前最喜歡的畫家：Henri Rousseau★喜歡的國家：日本（因爲有很多Jazz）★討厭的東西：蟑螂、青蛙★其他偶像：孟嘗君、竹林七賢、鄭愁予、沈三白★最想去的地方：瑞士、瑞典、丹麥

帳篷裡的歌聲

鍾喬

安靜而匆促的人影，光一般錯差而過。因爲少有一雙腳願稍留片刻，讓無聲無息的人潮流動，瀰漫著一股沈默的騷動。新年前夕，東京地鐵車站，對我這個旅人而言，活像一個現代化的迷宮，承載著無數奔波靈魂茫然的慾望。我朝著新幹線月台走去，空氣中澈骨的寒意穿梭在頸項間，一席悅耳的廣播聲在耳際響起，我登上即刻要啓動的超高速子彈列車。

從東京到廣島需五個鐘頭的車程。我在亮麗的車艙座位上點燃一根煙時，夜昨停留在血液中的酒精仍襲擊著昏昏然的腦門，我的心底又不期然地響起熟悉的曲調聲，那是一首詩味濃郁的歌，飄散著某種說不上來的熾烈與荒涼。我暗自在心中哼著，卻發現車窗外高聳而流線的現代化建築，正用它們疏離的一副副眼光，冷冷地瞧著我。因爲感覺到冷漠緊緊地包圍著身體的四周，我像一個被放逐在封禁旅途中的陌生人。

漸漸地，心底浮沈的那首歌，像一首暗潮洶湧的詩，拍擊著靈魂的岸。我的目光穿越光鮮卻冷漠的現代化光景，走進記憶與想像交錯的黃昏野地……。

野地中，水與火幾乎同時並存。一席帳篷兀自豎立在泥濘的空地裡。八月間，都市邊緣的河道上，晃盪著游魂般的流浪漢。酷熱讓河裡的臭氣隱隱地藏在橋墩下的垃圾堆之間。遠遠地，是穿梭在橋上的車陣，入夜後，成爲夜空下閃逝而過的光流。

水？對的。一場傾盆大雨突而落下，那時，帳篷裡的戲才剛剛揭開序幕。戲裡頭，流轉著一陣接一陣的激進氣息。演員們在帳篷侷促的舞台空間裡，找尋一顆失落於一九六〇年代的原子彈……喔！時空背景呢？就在一處被戴奧辛污染的廢地裡，一群底層的生命，爲了讓

➔作者留影於日韓人核受害紀念碑。

乾渴的形體活在死去的記憶裡，他們不斷地喃喃自語。

這就是日本「野戰之月」劇團在台北邊緣演出的一場野地帳篷劇……。劇名稱作《出核害記》。

那麼火呢？火是野地帳篷劇狂野精神的象徵。當歌聲在雨中響起時，歌唱的演員們，手上都擎著一把火炬。他們唱：

聲嘶力竭的喉嚨，夜裡低語喃喃

彷彿極為痛苦地說：「我疼」

人聲鼎沸，我不知的語言，像記憶一般。

在心中訴說著。

轉動著，轉動著，像車輪般轉動

「一瞬間」演詩。

走著繞著 在這沒有目標的

路上 啦……啦啦……啦……啦啦

啦……。

時間的盡頭是另一段時間的開始。我想。就像旅行沒有終點，特別是靈魂的旅行。活著的人，繼續在經濟的「神話」中，隔著毛玻璃窺探下一個春天，日子將會如何，死去的人，他們的記憶仍然在時空中流動，我們以想像讓流動的記憶，在字裡行間或舞台上甦醒。這麼想時，我已經置身於廣島核爆紀念公園的一隅了。

我特別想在這角落裡的一個紀念碑前

➜廣島核爆紀念公園。

留影，因爲，日籍友人中山先生告訴我：

「原爆的一剎那，成千上萬廣島人民在眨眼間暴死……而後是陸陸續續的輻射病毒侵入人體，造成緩慢而悲慘的死亡。那期間，廣島市有二萬名韓裔的軍人、勞工、婦女與兒童，也不幸罹難了！不過，日本政府直到距核爆已有五十四個年頭的一九九九年，才允許韓國良心人士將這座紀念碑移進紀念公園裡……」

漫漫長長的五十四年期間，韓裔原爆受難者的游魂在紀念公園外的河濱野地裡浪跡。他們是被戰後富裕的日本產經國家放逐的亡魂……

漂蕩的亡魂喚回了野地帳篷裡的那首歌。是記憶，是底層人民的喃喃之語，在火光中被燃燒，然後亮起……

作者寫真

鍾喬

一九五六年生。中興大學外交系、文化大學藝術研究所畢業。曾任《人間雜誌》主編，現任差事劇團團長、跨界文教基金會董事長。著有詩集《在血泊中航行》、《滾動原鄉》；報導文學《回到人間的現場》、《都市邊緣》；散文《亞洲的吶喊》、《身體的鄉愁》；小說《戲中壁》、《阿罩霧將軍》等。

京都的城市之光

劉梅英

因爲有一張免費的機票，所以決定再去日本。

生活的忙碌，讓自己像個不斷向前轉動的輪子，也只有在旅行，才有轉換生命基調和增添生活情趣的可能。東京好似去日本的最好選擇，但在訂機位的前夕看到京都賞楓的廣告，千年悠遠的歷史古都在呼喚，置身細膩優雅的京城時光隧道，五彩繽紛的楓紅染滿山巒，浪漫的情懷油然而生，因此準備讓自己去當個典雅的古人。在去程的飛機上開始閱讀旅遊書，成了最近幾次旅行的模式，一是因爲時間竟然奢侈到無法分割給旅行的準備，二是隨性與未知的旅程是旅途中樂趣及冒險的原點。

在大阪的關西機場入境，爲了節省支出，輾轉地換了兩次火車終於到了京都。出了京都火車站，華燈初上，晦暗的天空下著微雨，濕冷的空氣增加了些許寒意。仍然停留在台灣不具攻擊的秋意身體，不預期地被侵略，本能地拉緊大衣，縮緊前胸。站前新世代的少男少女忘我地手足舞蹈，震耳欲聾的熱門音樂，吸引不了熙來攘往的京都人駐足，初踏上京都土地的心情迴旋在新舊快慢靜動冷熱之間的錯置。

按圖索驥找到了落腳處，飢腸轆轆的我急著外出找食物。轉角的便利商店播放著卓別林〈城市之光〉的電影配樂，這樣的奇特吸引我的腳步進入。擺設平常的商店搭配〈城市之光〉的管絃音樂，日常生活必需品呈現虛實之間的矛盾卻透過音樂來陳述，這樣的逸離，讓我忍不住多瞧了老闆一眼。哦！是個帥哥呢！挑選食物的過程更多是聆聽卓別林

➔平安神宮庭園一隅。（孟樊攝）

在片中和盲眼賣花女的巧遇，輕快的音符在不同類別的架櫃上跳躍，我的不經心購買卻認眞地欣賞音樂，顯然引起老闆的注意。結帳時，親切地話家常，不諳日語的我只有啞口無言地微笑。老闆察覺是個外國人，也只能報以笑容來化解彼此的尷尬。

走出商店，一陣冷風來襲，不禁打了個哆嗦。耳邊卻傳來似滑稽又快樂卻略帶憂鬱特質的樂聲，絃樂的高音翻轉，好似吐露卓別林劇中所飾流浪漢苦中作樂及強言歡笑的小丑性格。〈城市之光〉的揭開序幕曲在寒冷的空氣中迴盪，這樣的錯置猶如在京都站前，街頭青年的賣力演出卻宛若沒有舞台的失意藝人，街頭舞者的無法聚焦是否如京都找不到現代定位的荒謬，掙扎在逝去的驕傲光彩歲月與經濟掛帥的殘酷現實中。卓式的自我調侃樂風，好似吻合當下的時空狀態，心喜自己的城市之光旅行，竟從京都街角的雜貨店音符開始……。

旅行的第一天通常選擇走路，沒有目的地的漫遊，不仰賴地圖只憑直覺。因爲走路可以感覺這個

➜京都平安神宮。（孟樊攝）

城市的脈動，走累了，就隨心地選擇一個地方坐下，享受當下，呼吸空氣，感覺溫度，只屬於自己和那個空間的融合。京都堅持古風的城市性格，反映在政府與居民悉心維護千年的京城典範，京都人刻意保持的傳統文化處處表現在生活、語言、飲食、祭典等各方面，你以為進入一個虛擬的超寫實空間，但一磚一瓦、一石一木、古剎名景、庭園賞析，想像皇親貴族的奢靡生活，這一切的一切都是眞古蹟。京都的美也在這種眞實與虛構、現代與傳統、文化與科技之中交融。當我在平安神宮看到「七五三」保佑兒童平安的祈福祭典，而鄰近的岡崎公園卻是現代美術館集中地，隔一條街又有能劇文化保護館。不禁驚歎這城市所演奏的迷人交響樂，顯然不能只用章節來簡單區分，這樣的迷離或許是〈城市之光〉電影音樂所要表達的另一種氛圍。

一九九七年完工啓用的京都車站大樓，充分展現京都現代化的強烈企圖心。車站周邊景點林立，車水馬龍、高樓大廈，快速跳動的城市脈動，卻形成井然有序的文化圖象，每個人不疾不徐，生存以另一種安靜的形式表達。我好像欣賞無聲影片的音樂流轉，心中的樂符不斷地敲打，心急流浪漢竭盡所能地攀越高峰卻仍奮力保有生命的自尊，或喜或悲的曲調不斷地在管樂與絃樂之間變化。京都人的自我穩定節奏，形成新舊並存的國際文化都市，即使允許現代商業的入侵，卻仍堅定維持這古老城市的尊嚴，屬於文化深層的自信早已內化到生活的信念中，相伴這〈城市之光〉以淡淡柔美幽雅的絃樂開場，急轉直下的絃音拉拔，繼之管樂的波瀾壯闊，鋼琴叮噹的音符高傲地扮演主旋律，屬於京都的樂曲如此永遠地散發著城市之光。

離開京都時，再到住處街角的便利商店告別，謝謝他讓我有一個不同的旅行，無法用言語表達，買了一份壽司，暗暗表示謝意。帥帥的老闆不在，店裡也不再播放〈城市之光〉的音樂，帥帥的老闆可能永遠也不知道，他的不經意或有意，讓我有了另一種角度去感受京都的城市之光。

作者寫真

劉梅英

生於台東，命定的偶然加入了台東劇團，現任台東劇團團長。

曾獲亞洲文化協會獎助學金赴紐約考察戲劇活動半年，及獲文建會推薦至法國陽光劇場觀摩三個月。

喜歡旅行，喜歡在劇場玩耍。藉由旅行及劇場閱讀自己的生命旅途。

往山上飛奔的音聲——尼泊爾的山中紀行

劉婉俐

在冬日的清光中搭機飛離了加德滿都之後，我們抵達了尼泊爾中部山地著名的觀光景點波卡拉（Pokala）。拜山光水色與登山（trekking）旅客之賜，到處是溫馨的別墅型旅館與素潔的民宿，三、五步間，就可看到一個住宿廣告或旅館店招，大概可說是當之無愧的「壓倒性」[1]旅館山城了。但這種「壓倒性」的背後又意味著什麼呢？是每年難以數記的觀光客數量——蜂擁而來、絡繹不絕、遠近馳名的代表嗎？就在一邊狐疑著當中，巴士拐過了曲折的鄉間小道，開進了預訂旅館的停車草坪。

這間旅館有著典型化的別墅性格，兩、三棟歐式花園洋房的建物，一個賞心悅目的小巧花園，是波卡拉地區觀光旅館的標準典型——如果下次再造訪當地，肯定是會「找不到」的那種標準典型。換言之，就是在外觀上難以讓人留下深刻印象，又不是「容易」按圖索驥就找到的那種旅館。但反過來想，既然是制式化的格局，選擇哪一家並沒有太大的差異，反正都是差不多的「標準典型」，也就沒有非要指定哪一家不可的需求了，既然如此，就以量致勝吧！相信這種因特定原因而繁榮起來的觀光地點，在外觀上都具有某種「致命性」的相似之處，就像拉斯維加斯的賭場、澎湖的海鮮餐廳，或各地雨後春筍般的特產店……。唉！總而言之，在世界各地曾住過了上百家的旅館，在Check-in的時候，獨獨會生起一種「下次來一定會找不到」感慨的，大概也只有在波卡拉了！

吃晚餐的時候，我終於知道「眞正」波卡拉旅館的特色爲何了。用「賓至如歸」的老套成語來形容，雖不中但亦不遠矣：整個寬敞的餐廳裡，就只我們一桌客人，溫柔[2]、親切的侍者與廚師環立周遭，邊播放著輕快、明媚的傳統樂曲，邊進行大快朵頤的晚宴，彷彿就是在自家餐廳大宴賓客似的。也許每家旅館就只接待一個旅行團，所以可以輕鬆地讓賓主盡歡吧！從這個方向看來，波卡拉壓倒性的諸多別墅型旅館，倒也頗有其可愛、人性化的一面。

第二天是例行的遊湖行程。據說六〇年代的費娃湖畔，是到東方取經的嬉皮們的聖地，嗑藥、歌舞、放浪形骸的嬉皮們聚集在湖邊的露營地上，過著遠離塵囂的「理想」生活。但今日寧靜的碼頭岸邊，除了零星的小販外，再也見不到昔日驚世駭俗的盛景了，或許是這種反璞歸眞的自然狀態，才是費娃湖眞正的樣貌吧。現今湖邊流行的、小販所兜售的東西，竟是一種當地傳統的樂器——薩朗基琴（Sarangi）。和新疆的冬不拉、蒙古的馬頭琴是近親的薩朗基琴，是由當地一種特殊的喬木雕製而成，小巧可愛，有做成酷似玩具的小型樣式（依然可以彈奏），也有大號些的尺寸，長度約莫是一個肘寬，售價則依大、小型號而定，但最貴的價錢也差不多在百元美金之譜，當然也視討價還價的能力而定。有趣的是，每個小販幾乎都是可以哼彈上一、兩曲的業餘歌手，他們口中彈唱的通曲，竟然全是收錄在小攤上「唯一」販售之錄音帶裡的首曲。

這首叫〈Resham Firiri-Sundar Shrestha & Dwarika Joshi〉歌曲的背後，藏有一則湮遠、動人的故事：許久許久以前，在波卡拉山區，住著一位修行高超、盛名遠播的老師父，他有飛簷走壁、縱走山岳的超能力。某日，有位青年來向他求教。經過一段時日的訓練後，驗證本領的日子來臨了，這位青年被要求往高山飛奔而去，山勢險峻，他屢屢險要跌下山崖，但在心中一直勉勵著自己：快到山頂了，就快要接近太陽了！飛奔啊！飛奔！……歌名中的「Resham Firiri」，就是飛奔向上的意思，而Sundar Shrestha & Dwarika Joshi則是這對師徒的名字了。然後呢？「That's it!」重點是在那過程中所展現的決心和勇氣，以及對飛奔向上所抱持的超凡信念吧！至少我是這麼想的，因爲故事的結局連那位傳述的樂師也不知道。

就在我們離開波卡多的前夕，湖上泛唱的樂手依約前來教我們如何彈唱薩朗基琴，他仔細地寫了幾張稿紙，還畫了琴的音階與構造圖，詳細地說明如何拉奏。同時還約了幾位好友前來，就在旅館的花園裡，即時地辦起了一場晨光音樂會。

在悠揚樂音的餘韻與暖暖人情的盪漾裡，我們繼續往山中前進，在連綿的山脈景緻中，腦海中漂浮的，則盡是那往山上飛奔故事的餘韻和那些散落在湖面上的漣漪樂音。

註：

1村上春樹的習慣用語，似乎在數目眾多而無法量化時，他便用此形容詞來強調那種龐大、恐怖的感覺。

2尼泊爾人眞的可稱得上是「溫柔」，語調、眼神與動作都輕柔有致，徐徐款款，無論男女皆是。

作者寫真

劉婉俐

台大外文系畢業，國立藝術學院戲研所藝術碩士。曾任廣告文案、雜誌編輯、新聞編譯等。現就讀輔大比較文學研究所博士班。著有《影樂．樂影——電影配樂文錄》，並譯有《后土》、《快樂佛法書》、《喬哀思》等書。

愛上你，尼泊爾

廖翊而

對尼泊爾，就像找到失散多年的戀人，離開它時，心裡竟有說不出的失落與愁悵！

住在都市，生活恰是一朵養在淨瓶中的蒼白玫瑰，無望地朝向太陽緩緩轉頭，對所居的空間渴望逃亡又無力掙脫；這些年來，感情一直是理智威嚴統治下的順民，必須嚴厲管制來自內心對自由的日夜呼喚，深恐一不留神，就脫軌而去，不再回到這個俗世間。

就在這樣的心理因素下，一個神祕古老的國度，一群執著於美麗手工藝創造的民族，有著純樸眞摯的民謠、舞蹈及神廟，便吸引了我暫時放下太過沈重的責任包袱，到此尋求心靈慰藉，原先只是抱著去度個假的心情，不意竟有豔遇一場的感覺，深深愛上這個純淨、空靈的人間仙境。回到台灣，我帶回它的音樂做爲我最鍾愛的紀念，而今耳邊再度響起的（Resham Firiri）童謠，讓我又回到尼泊爾那片美的國度裡……。

尼泊爾的美，美在它的善變與含蓄，充滿矛盾與新奇，處處是生命力的展現，處處具創意，像一個未經雕琢的石頭，因擺在最適當的位置而散發出它耀人的光芒，又因它本身的精緻紋路而增添環境的光彩。

◆尼泊爾的驚奇

走在尼泊爾的首都——加德滿都（Kathmandu）和帕坦（Patan）、波德那特（Bodhnath）、巴克塔普爾（Bhaktapur）等，相信任何人都會爲它精細雕刻且千變萬化的神廟而讚嘆不已，整個加德滿都就是神廟的競美場，不僅衆多神祇的造型盡皆各異，且甚至還不乏打破禁忌，建造出極盡性的挑逗姿態的女神，或扭腰擺臀，甚且有男女神祇作愛的雕塑出現，我的腦海便浮現出人類學家所說的一段話：「南

➜尼泊爾可愛的孩童。

洋文化中，因為氣候炎熱，人們的性較早熟而開放，女人的圖象表現多蛇腰或豐胸，極盡挑逗之能事。」而從尼泊爾的各種人和動物的神像雕塑，最可證實此點。

➜叢林之旅。

每間廟的外觀造型與雕塑都繁複各異，充沛的想像力令人嘆為觀止：有象徵尼泊爾精神的雪獅、代表宇宙之神的象頭神；在高聳的摩訶佛陀寺裡，每一塊磚都有一個佛像；而清幽的杜巴爾（Durbar）裡則可看到活生生的「女神」——庫瑪莉女神，她是處女神，也是政治與神話傳說的產物，女孩們被放在一個黑暗的屋子裡，裡面有怪聲、嚇人的假面具和砍下的水牛頭，最後能無懼地沈著走出來的人即雀屏中選，享有崇高的祭祀地位，並在每年九月的因陀羅節（Indra Jatra）乘著她的花車遊行穿過大街，增添這個「無神不有」的國家的另一新面貌，也顯示該國對勇敢的讚頌。

尼泊爾的美，還在她對矛盾性的生活現象的包容——生與死、貧與富都在這裡極端性地並存，呈現一種如大地之母的壯美，如廟宇的極富與平民的極窮，又如印度教聖地帕蘇帕提拿寺：此寺位於加德滿都市郊的巴格馬提河畔，每天有往生者在此接受火化，骨灰隨著薪燼撒入河中，回歸大地。就在河畔焚屍台燒屍的同時，四周不但毫無陰森的氣氛，反而生氣盎然，小販店家林立，還不時有乞討的乞丐在其內穿梭，來自世界各國的觀光客可在河岸一邊看著死亡儀式的展演，一邊逛著店家琳琅滿目的售品，顯現其民族對死亡的坦然看待。

◆充滿生命力的音樂與舞蹈

正由於有之前的帕蘇帕提拿寺的經驗，所以當我在加德滿都的街上瞪大了眼，瞧著一群盛裝的男女抬著一位已全身乾扁成一團，不知是生是死的老太太遊行，沿路吹吹打打，熱鬧非凡時，頓時以爲這也是死亡前的一種儀式，甚至是活人祭！但之後聽到導遊的陳述，才知原是此國家人民壽命多只有四、五十歲，而活到七十歲的老太太自是難得的盛事，故特以音樂吹送，全市遊行與衆同樂，唉！生與死在這個人間仙境竟以如此難堪的面貌呈現出來。

但擁有如此短暫生命的民族，卻是最能「人生得意須盡歡」，不論在加德滿都，還是波卡拉，我的視覺與聽覺的收穫都是滿滿的，在首都的餐廳體驗傳統尼泊爾的舞蹈及音樂，但在波卡拉的經驗才最叫人難以忘記。

那一夜，在神祕的波卡拉，營火升起，大家圍坐在一起，當地一群男女彈著吉他，低吟〈Resham Firiri〉及〈Trishulima Buneko Chakati〉等民謠，歌聲動人，激起我們的熱情，也回應以自己國家的歌曲，其中旅客中以一家荷蘭人最顯大方與純真，不僅全家老少同唱童謠，還加上手勢帶動氣氛，我也在席上唱首台灣民謠〈補破網〉，其樂融融，眞有世界一家的感覺。

隨後，鼓聲響起，一聲一聲彷彿在催促我們別再猶豫、蹉跎人生，勇敢往自己的人生方向出發吧！接著族人激烈的舞步後，我們也加入舞群，發揮全身上下的動感，在壯烈的鼓聲節奏中渾然忘我，所感受到的只有群體手攜手的團結之心，沒有小我，只剩大我，而大我在鼓樂的流動中躍升，恍惚中昇華超越了一顆疲乏的塵俗之心，這顆不願追求名利、地位，只願活出自我的心，終於在音樂中獲得對生命的肯定與承諾！

這是旅途中意外的收穫，來自「最抽象的藝術——音樂」（康丁斯基說）的淨化，也必須以這麼原始、熱烈的舞蹈才能啓發它！

◆結語

從尼泊爾蓊鬱的山林與精緻石雕的神龕群回來台灣，就像從不似人間的世外桃園回到現實社會，帶點殘忍的味道，又因爲經歷過此境而回

➜神龕群中精緻的石雕。

味不已，從此心中有個夢，而這個夢會在夜深人靜時常常浮現眼前，對著你輕唱〈Resham Firiri〉的童謠……。

作者寫真

廖翎而

畢業於台中女中、淡江大學大傳系。曾任《台灣日報》文教記者及雜誌採訪編輯。B型，雙魚座，好旅遊、好藝術，對現代詩、油畫的創作有種不可抑遏的喜愛。

相信「人生若無冒險，便一無所有」，對於太習於深思熟慮的個性，行動力的發揚便成了彌足可貴的信仰。旅行便是在不經心的風景中，尋找一個認真的自我。旅行中口袋絕不超過五千元（除掉團費、旅費）、也不帶卡，沒有太多shopping的誘惑，物質上的缺乏，反而是精神上的大收穫，不是嗎？

美麗與哀愁

張志偉

古人張心齋在《幽夢影》一書曾說到：「若無詩酒，則山水成具文；若無美人，則花月皆虛設。」套用在旅行上，我則認為，「若無回憶，則旅行即空度」。而我的尼泊爾之旅即是有山水、有美人，當然也有難忘回憶的一次旅程。

尼泊爾是我跨出國門的第一站。從出發到飛抵尼泊爾機場，一路上都是興奮的，尤其是尼泊爾披上的神秘與原始面紗，即將由我掀起以窺其風貌，期待的心情帶有雀躍。

首次出國我選擇的是跟團方式。到了臨晚就寢前，活潑的領隊讓每個人自我介紹，彼此熟悉。最後，開始要分配住宿的房間，由於與我同行的是我大學的女同學，基於男女有別原則，我自然是必須與他人同房。而「他人」當然是男人才行。其實旅程不過幾天，我當然不會挑剔與誰「共枕眠」。

在營火波波中，我與一名男士分配到同一房間。進房後，簡單與該名室友話話家常。這名男子著實有些怪異，唇抹口紅，腳著高跟鞋（女用鞋）。當然毫無疑問的他是男兒身。我的第一反應是，天哪！莫非他是G開頭Y結尾的那種人。處變不驚是我第二個反應。還好，是分床睡，否則勢將輾轉反側，夜難成眠了。不過，我知道當晚可能要高度戒備，以免慘遭「蹂躪」，而那天晚上我的確夢到此君有意冒犯我的夢境。我儘量少與他談話，並儘量流露出神聖不可侵犯的樣子。但臨睡前，他忽然對我說：「喂，你要不要看照片？」我愣了一下，不過禮貌性地隨口回答：「好啊。」他隨即遞上一本大相本，裡面一打開，全是這位仁兄的沙龍照，而且是，身著女裝的照片。當然照片裡的他，胭脂抹面，煙視媚行自不在話下。說眞的，照得還挺美的。對於喜好攝影的我，自然是以「行家」的眼光審視拍攝的功力。他大概誤以爲我極有興趣，遂又問我要不要再看一本。我不好拒絕，只好答應。這回他拿出同樣大本的相本，裡面翻開，是一位高鼻子大眼睛的外國美女照片集錦。他問我說，「這女孩美吧？」我說挺漂亮的，「她是誰呢？」我好奇地問。他說：「這是我太太。」我一聽大吃一驚，有點不願相信地看著他，這位室友是一位來自台灣南部的工人，國語不甚標準，我與他多操台語對談。

其實很難將他與照片中的美女聯想在一起。經過交談，我才知道，這位照片中的女孩是尼泊爾國家歌舞團的台柱。而之所以會娶到她，是因爲這位先生的爸爸多次來尼泊爾旅遊，而觀賞尼泊爾民俗舞蹈的表演是旅遊例行安排的節目，這個媳婦就是她父親談來的。當時我忽然間，將大陸新娘、越南新娘以及尼泊爾新娘全聯想到一塊了。我直說他好福氣，但那晚他卻頻頻抱怨，偶爾還粗言地說，他老婆都不太願意理他。

室友這趟尼泊爾之旅，是代替老婆送點禮給娘家。隔兩天隨著我們的行程，到達了室友老婆的娘家。我們幾位同伴當然也都跟著進到一間又陰暗又狹小的木屋裡面。房內最顯眼的竟是牆壁張貼的成龍與鄧麗君等人的海報。屋內有幾個小朋友，後來知道是他老婆的弟弟妹妹。室友想

➜在尼泊爾駛牛車。

見見岳父大人，但丈人不在家。

那晚，我們回到旅館進行營火晚會。沒多久，室友的岳父因知道女婿來了，特地趕來會面。在尼泊爾英文勉強可通。我權充他們兩人的翻譯。這室友非常熱情地拿出許多禮物贈送給岳父，態度誠懇而有禮，只見岳父頻頻點頭稱謝。在露天的燭光晚會中，我因爲一直很好奇爲什麼這位岳丈大人看來如此年輕，遂詢問他的年齡，他告訴我，「二十五歲」。我以爲自己聽錯，又問了一遍，沒錯，確實是二十五歲。我問他那這位尼

➜湖濱小孩天真的笑容。

泊爾的女孩，也就是他女兒幾歲？他回答我，二十六歲。我又以爲聽錯，再問了一遍，也沒錯，確實是二十六歲。

這下我有點糊塗了，我問他是怎麼回事？原來，是他的哥哥過世，而他則是「兄終弟及」地繼承了兄長的家業，包括老婆及一群子女。我問他，何以將「女兒」遠嫁台灣？他說他也不願意，但女兒願意接受聘金，以培育弟妹。

那晚，我的心中突然覺得很低悶，一路上對尼泊爾原始風光的讚嘆，都霎時消逝無蹤。原始但貧窮的國度，有著美麗也有著哀愁。我與這位岳丈暢談許多，他的工作是擔任尼泊爾登山隊的隊員。由於尼國境內有許多世界著名的高山，包括聖母峰，因此吸引許多國家登山隊欲征服的雄心，但也因爲征服不易，時有山難發生，而他的任務就是協助各國登山的山友順利脫險。他說，以他這麼豐富的登山經驗，以及對地形的瞭解，自己都曾經獨自在山裡迷路，當時大雪紛飛，指南針完全失去作用，連雪鏡都凍裂了。最後是靠著求生意志，歷經了幾天幾夜，才被人發現獲得援救。他告訴我，他對人生看得很平淡，物質也不是他的最高目標。他也說，他知道台灣很富有。我說，富有若不知方向，其實心裡仍是空虛的。他點點頭彷彿同意我的說法。

一九六一年諾貝爾和平獎得主，同時擔任過聯合國祕書長的瑞典經濟學家哈馬紹，曾說過一句名言：「人生最遠的旅程就是心靈之旅。」這趟尼泊爾之旅，不是我最遠的旅程，但卻是讓我永難忘懷的一次心靈之旅。

作者寫真

張志偉

曾任：電視台新聞編譯、產業研究公司編譯。現爲文字與教育工作者。著有《美國總統之戰爭權力運作與實施》、《留學大陸Easy Go》、《索羅斯操盤密碼》、《入門網站教父Amazon.com》、《電子商務教父Yahoo.com》、《仙蹤林闖中國》。譯有《網路民主》。

千禧年藍色空間

江秋萍

「藍色琉璃
安靜無聲的邊界
海浪和鳥聲重疊
向一切輕輕告別
到閃亮夢境安歇」

馬不停蹄地趕路，從白河出發到桃園機場，搭機飛了十多個小時，清晨到達澳洲墨爾本機場，隔天出發搭車花了兩天抵達阿德雷得，當天晚上又上巴士，坐了十八個小時，在下午兩點終於到達愛麗絲泉——紅土沙漠的中心。

身上厚重的冬衣紛紛剝落，攝氏四十度的高溫，只適合薄薄的沙龍，走到藍色的泳池一躍而下，一陣透心涼，如在夢中。沒想到千辛萬苦抵達沙漠，沿途荒蕪貧瘠，地平線一無所有，所做的第一件事就是游泳，在珍貴的水中褪去一身的疲憊。

在愛麗絲泉兩週，白天，探索沙漠不可思議的瑰麗，晚上獨自望著一方發出微微幽光的泳池，輕聲吟唱〈藍色空間〉。這首歌由自己作詞，好友怡玲作曲，出發前我這個五音不全的音痴才學會。此時此刻，在沙漠的天空下，無人瞭解的音樂語言表達心中對自然的深深感動及依戀，徘徊不定的心情隨著旋律起伏。

「清涼空間
深沈律動的世界
海流與琴聲共舞
向時間輕輕道謝
往永恆故鄉出發」

離開沙漠，前往阿德雷得的海邊小鎮，大塊的藍洶湧地捲上岸來，繽紛的比基尼把白色沙灘點綴得花枝招展，張大已習慣紅土的眼睛，一個多月沒看到這麼多人了，城市的繁華令人眼花撩亂，心還在沙漠的激情裡蕩漾，心神不定。

夜色清涼如水，漫步到堤岸，另一端長長伸展到海中，迎著海風，發現〈藍色空間〉

非常符合眼前的情境；雖然是第一次來，岸上的燈光搖晃著，遠處岬角的燈火璀璨蜿蜒成銀河，溫柔的黑暗看不清經過的臉孔，卻共享寂靜的一刻。身旁的釣客，用力拋出釣魚線，螢光浮標像流星劃過夜空，然後落在水中浮沈，星光點點，一遍又一遍清唱心愛的歌，心終於沈靜，又找回了自由。

「搖晃的光
悄悄的熱切
溫柔的黑暗慢慢包圍
美妙的孤獨
完全的自由
只剩感覺
不須思考
熟悉又嶄新的視野
無須言語的瞭解
不再有眼淚以及痛苦

放開所有的激烈
回歸藍色空間」

世紀末，到塔斯馬尼亞搭便車旅行，獨自在澳洲最南端的小島，緩緩移動。塔斯馬尼亞首府賀伯特，是澳洲最早迎接曙光的城市，知道有接連不斷的熱鬧慶典，還是離開，擠在陌生的人群中，就算徹夜狂歡，並不會拉近彼此的距離。

漂流到一個叫「天鵝海」的小小鎮，第一天在海邊搭帳篷，面對清澈純淨的海，海浪徹夜高歌。太冷，移到青年旅社，偌大的空間只有一個荷蘭男孩、一個墨爾本女孩、一對雪梨來的母子，因緣際會共度千禧年，初識的人卻像一家人般親密。

接近午夜，一群人走到堤岸，荷蘭男孩爲每一個人準備了仙女棒，墨爾本女孩拿出一瓶有特殊紀念意義的白酒，六個人站在冷冽的海中央，倒數計時，舉杯歡慶新世紀的來臨，右邊遠處有小小的煙火，左邊遠方一片通紅，看來像森林大火。

在偏僻的海角，和陌生人緊緊相擁，共享此時，爲彼此的未來祝福，在黑暗中鼓起勇氣、輕唱〈藍色空間〉，並且翻譯歌詞給大家聽：「Ocean is a glass of blue……」，海浪低低伴奏，也許是他們聽到的第一首中文歌，在人生的音樂記憶裡增加了新版圖，回去的路上，每個人都說難忘這個千禧年，美酒、音樂及緣分的奇妙混合。

對我來說，有些事，必須等到時機成熟，才能眞正瞭解。一直到二十世紀的最後一刻，我才知道，能唱自己的歌，是多大的快樂；音樂像酒，總是在旅途中，釋放所有的情緒，讓旅人恬靜入夢。

作者寫真

江秋萍

雙魚座，血型A，台中市出生，自由作家。著有《水光——八年藏詩集》、《單車飛起來》（和林姬瑩合著），譯作《沒有一個地方叫遠方》、《充滿愛的房間》。

很容易在日常生活中，聽到旅行的音樂，一聲聲催促，又會在長長的旅程中，想念原來的生活，矛盾的心情搖擺不定，時快時慢，構成人生的節奏。

聖誕節音樂派對

林姬瑩

對我而言，旅行中有三件事是不可少的，那就是閱讀、欣賞藝術和音樂。特別是後兩者，常常爲我帶來意想不到的好運，且屢試不爽。也許是人在分享美好的事物時，往往最容易感動也最眞誠，這是世界的共同語言。

一九九九年十二月，結束了單騎穿越中澳沙漠的旅行，回到澳洲第二大城——墨爾本。我和好友決定前往嚮往已久的塔斯馬尼亞島，度過本世紀最後一個

陶醉在演奏中的派屈克。

聖誕節，且在那裡迎接千禧年的第一道曙光。

由於南北半球氣候相反，十二月是澳洲的夏天，原本以為我們會過一個炎熱的聖誕節，沒想到今年氣溫較往年低，尤其塔斯馬尼亞島因為緯度低，且接近南極的關係，即使是夏天，依舊充滿寒意。

在北部山區國家公園內，健行了幾天，飽覽了大自然原始之美，也感受到這裡的地廣人稀。於是我們選擇到最大城Hobart慶祝聖誕節，希望感染都市人潮熱鬧的氣氛。聖誕節前夕，在港口附近挑了一家特別的餐廳，享受了精緻的海鮮大餐。散步回

→塔斯馬尼亞的海純淨天然。

➜在Hobart意外參加的音樂派對。

青年旅館的途中，只見街口轉角的酒吧前，人山人海，人手一瓶啤酒，空啤酒罐和玻璃碎片散落一地。穿梭在擁擠的人群中，不覺也感染幾分醉意，這裡是年輕人飲酒狂歡的地方，也是整個Hobart人潮最多之處。

第二天一早，因爲受不了青年旅館狹窄的房間，和擁擠的廚房，我們決定搬到Sandy Bay海灘旁的露營區（Caravan Park）。接近中午，我們步行到附近商店街，想碰碰運氣，看能否找到有營業的商店買些食物。結果令人失望的是，所有的店都門窗緊閉，連麥當勞也沒開。望著超級市場內的商品陳列架，只得等到三天後再來。這連續幾天，是澳洲人的假期，幾乎所有的商店都休息。

正當我們失望地漫步著，忽然不遠處傳來優美的手風琴樂聲，我們循著音樂聲來到一處咖啡店前，招牌上寫著「Eat The Peach Vegetarian Cafe」，原來是主人利用休假，和家人朋友在庭院中慶祝，看桌上擺滿了食物和美酒，讓我們不禁感到羨慕，一旁的金髮男子正陶醉在演奏中。

我們於是駐足在一旁矮圍牆外，聆聽那帶著蘇格蘭曲風的手風琴演奏，望著遠處港口停泊的船隻，微風

➜紅土沙漠的顏色是陽光的傑作。

輕吹，暫時忘掉心中冷清的感覺。接著另一位中年男子加入，用男低音演唱情歌，兩人默契十足，表演進入高潮。曲終大家爲他們拍手叫好，我們在一旁也忍不住爲他們鼓掌，沒想到他們馬上過來邀請我們同樂。

當他們知道我們這兩個遠來的遊客，來自一個他們非常陌生的國家——台灣時，對我們感到相當好奇，加上知道我們第一次在國外過聖誕節，且正愁無處買食物時，馬上熱情地邀請我們加入他們的聖誕派對。主人的母親特別從英國趕來看他們，順便一起過節，她充滿母愛地告訴我們，他們準備了非常多的食物，要我們放心儘量多吃。

於是我們也自然而然和他們打成一片，發現他們每個人都非常崇拜東方文化和宗教信仰，且身上都穿戴著西藏佛教的法器；那位唱歌的男士告訴我們他曾在印度出家五年，後來因爲喜歡喝酒才還俗，他甚至用英文向我們宏揚佛法，眞是不可思議的經驗。

隨著一盤盤美味的食物陸續端上桌，包括女主人特別烤的蘑菇派，香酥的派皮中，填滿著大顆的新鮮蘑菇，散發出特有的香味，還有芒果烤雞、一大盤生菜沙拉、烤牛肉，及各種口味的起司。大家開始跟著興奮起來，金髮帥哥派屈克立即爲大家演奏輕快的音樂，他告訴我們手風琴演奏他才學三個多月，我們稱讚他有音樂天分。大家在一旁爲他助興，於是他表演地更投入。

場面一片歡樂，笑聲不斷。美食、美酒配上醉人的音樂，這群外國朋友完全不把我們當成陌生人，用熱情的友誼和關懷，填飽了我們的胃，也溫暖了我們的心。

而我們將永遠也忘不了在塔斯馬尼亞度過的聖誕節音樂派對。

作者寫真

林姬瑩

獅子座，血型AB。屏東縣出生，民營電信公司業務工程師。著作：旅行書《踩著夢想前進》（大田）、《單車飛起來》（大田，和江秋萍合著）。對旅行有一股莫名的狂熱，一想到旅行在陌生國度的快樂，就願意付出一切來準備。

那一夜的雪中紅

邱莉苓

在美國讀書的那幾年中，好友絲絲正好在航空公司服務，因爲工作之便，她常來看我，也會順道帶來許多台灣小糕點，讓我大快朵頤、一解鄉愁。

絲絲最後一次來訪，剛好碰上我畢業前的那個春假。雖然趕著寫論文，但我仍不願放棄整整一週的假期，尤其是「有朋自遠方來」，當然要安排一次賓主盡歡的旅行，才不辜負這難得的機會。

問絲絲想去那兒玩？她只回答了我五個字：「下雪的地方！」天啊！當時正是春暖花開的「春假」，哪來的雪？更何況奧克拉荷馬地處美國中部，緊鄰德州，本來就不是多雪的地方，耶誕前後下個一、兩場小雪花，已足夠讓我們興奮半天了。想在春假看到雪景，可得靠點運氣。

或許這正是身處亞熱帶的人們，對「雪」的一種浪漫幻想與渴望吧！爲了不讓絲絲失望，我和男友決定將車子往北開，來一趟「尋雪之旅」！

我們一行三人，外加我的貓咪小米，駕車馳騁在前往東北部阿肯色州的公路上。車窗外盡是一望無際的大草原，一大卷一大卷的乾草零星散置各處，在陽光的照射下，呈現出豐腴的金黃色，不禁讓人懷念起台灣麵包店所販售的一種美味可口的西點——蔥花蛋皮肉鬆蛋糕卷。

絲絲和小米在車子後座，各自霸占了左右兩邊的車窗，凝視著這屬於美國中西部的特殊景觀。「她們」的腦中或許各有所思，而我正從不斷往後移動的畫面中，猜測著哪一個片段曾在〈遠離家園〉及〈龍捲風〉電影情節中出現過。至於我們的司機正愜意地哼著〈雪中紅〉，享受著駕馭的快感和樂趣呢！

幾個鐘頭之後，我們抵達了阿肯色的著名景點，素有「小瑞士」之稱的Eurika Spring。當地天氣竟然比奧克拉荷馬還好，我想絲絲肯定是失望了。我勸她「既來之，則安之」，何不好好享受一下這眼前的風和日麗？蒸氣小火車、復古照相館，以及色彩繽紛、造形可愛的建築物，將Eurika Spring塑造成宛如歐洲童話仙境般的世外桃源。但是我知道，這一切都挑不起絲絲的興趣，因爲真正的瑞士她去過，而且更重要的是，在她的心中有另一種完全不同的期待。

既然尋雪不著，我們決定休息一晚，隔日便啓程回家。尤其是帶著小米，實在不適合作長途旅行，我想「她」比任何旅人更能體會「離開家，又想家」的感覺吧。

回途中，我們繞道堪薩斯州，與其說是欣賞沿途風光，倒不如說是不死心，想再碰碰運氣，看看能否讓絲絲如願以償。從黃昏，到天黑，過午夜，車子終於開進了奧克拉荷馬州界，離家只剩兩個多小時的車程了。突然間，眼前一陣迷濛，能見度奇差，砰的一聲巨響，車子失控向右打滑，一頭栽進了路旁的小草坑動彈不得，大家都嚇壞了，小米也驚惶失措地躲進我的大衣裡，此刻除了彼此急促的呼吸聲，唯一的聲音便是從卡帶裡傳來的歌聲，「啊……不見中秋又逢冬，只有玫瑰雪中紅……」

絲絲第一個回過神來，打開車門往外衝，像個小女孩似地手舞足蹈，並且大聲嚷著：「下雪了！下雪了！終於下雪了！」這場雪下得又怪又快，不一會兒功夫，高速公路積了雪，儼然像是一條銀白色的絲帶。這麼大的風雪，讓我和男友緊張了起來，再不設法離開，可就危險了，偏偏車子又動不了。他突然心生一計，將音樂的音量開到最大，企圖在黑暗中引來救援。果然，震耳欲聾的〈雪中紅〉讓有經驗而專門發天災財的拖吊車司機聽到了，我們也因此得救了！

「今夜風寒雨水冷，可比紅花落風塵，

既然已分開不通擱講起，
畏頭只有加添心稀微……」

在虛驚一場的異鄉雪夜裡，唱著〈雪中紅〉是多麼難忘的經驗啊！我並不記得我們到底唱了多少遍，只知道春假是提前結束了，而絲絲的「尋雪之旅」或許才剛剛開始。被我緊抱在懷中的小米突然不依地喵了兩聲，似乎在抱怨我不該帶「她」出來尋雪，因爲「她」知道，雪早就已經在家裡窗檯等著我們了！

作者寫真

邱莉苓

一九六七年生，美國奧克拉荷馬大學大傳碩士，是一個非常非常愛貓的水瓶座女子。最大夢想是帶著九隻愛貓移居台東海邊，閒雲野鶴地享受生活，並自在地爲貓咪而創作，不管是音樂或文字。

目前任職於財團法人中央廣播電台新聞部編播組。

歌劇之城

符立中

維也納，一座教所有樂迷魂縈夢牽的朝聖之所！

在維也納，除了愛樂廳那金碧輝煌的殿堂伴隨綺麗的「愛樂之聲」牢牢供奉在每個樂迷心中，維也納國立歌劇院的舞台更是絃歌不輟、夜夜燃放夢的天堂。是誰說義大利是歌聲的王國？哼！你若來到維也納，才知道什麼是「歌劇之城」呢！

行家都知道：「維也納永遠在季節中！」這句話的意思是：別的地方只有適逢音樂季、戲劇季時才有演出，其他時間往往都在閉門休息；唯有維也納不然！國立歌劇院、民族歌劇院、保壘劇院、人民劇院……不勝枚舉，夜夜笙歌，教人目不暇給。就算七、八月有傳統上的「歌夏」，但勤奮的奧國人卻利用這段期間到各地巡迴演奏（例如聞名遐邇的薩爾茲堡音樂節），城內也仍維持小型的音樂表演。相較於傳統上常被拿來比較的對手：史卡拉已經在通貨膨脹及罷工罷業風潮中淘盡了活力，加上有太多的古蹟亟待整修補助，兼以南歐人慵懶的紀律及不分青紅皂白的熱情，歌劇在義大利無論是經費或是表演素質皆已不復往日光景。至於另一國際大都會——巴黎，自從歌劇自雄偉的巴黎歌劇院（也就是〈歌劇魅影〉的發生地）撤至被「譽」爲怪物的巴士底歌劇院後，老早就一蹶不振了。

這樣的成果得來殊爲不易，因爲維也納並不像富裕的巴黎那樣位居通商要津，也不像義大利佬那樣天性樂於引吭高歌；

→符立中收藏的維也納國立歌劇院明信片。

維也納地處中歐盆地，冬季苦寒、夏天悶熱，奧國人每晚出門支持這麼多音樂表演，可見其對音樂的愛好。我在歌劇院曾經碰過不少俊男美女，長期受到音樂的薰陶，往往呈現出一股純真、美善的優雅氣質，和呼朋引伴、到處勾欄拍照的美日觀光客大異其趣。

➜到處都是歌劇院的音樂之都。

維也納的歌劇製作，同樣反映出他們的品味和修養；像九九年九月一日上演的〈艾納尼〉（Ernani）就留予筆者深刻的印象：當天是一九九九年／二〇〇〇年冬季歌劇季的開幕，加上夏季小澤征爾才指揮過該劇備獲好評，並順勢發表即將接掌劇院的消息，話題隆隆，因此當晚演出前的「盛況」自是可想而知。但是當布幕開啓，一切外在的、煩冗的點點滴滴卻教你立刻拋諸腦後，專心投注在舞台上。

威爾第這部早期名作充斥妒嫉、仇殺的情節，一向被認爲熱烈刺激有餘，藝術上的深刻卻略爲欠缺，但是當晚卓絕的舞台品味，當場就提振了整體演出的效果：服裝與布景幾乎都是純粹的原色，沒有多餘的裝飾，代以鮮明的線條變化；那時尚的、流線的造型完全趨隨現今流行的「極簡主義」，但簡潔、生動的組合變化又使其悲劇精神更爲發揚、更加地古典崇高；擔任首席女高音的Gulgehina，發聲既不是明亮、飽滿的美聲唱法（Bel Canto），也不採濃稠、震音過多的斯拉夫式，她以知性的表情，佐以清晰的語氣變化來唱艾維拉具繁複花腔的名詠嘆調〈艾納尼，一起逃吧！〉沒有卡拉絲．提芭蒂（Tebaldi）的沈重負擔，共鳴更爲靠前、靈活。和她搭檔的席可夫（Shicoff），七〇年代就成名的角色，嗚咽纏綿的歌聲宛若東歐版的卡瑞拉斯，和女主角間就顯現出年代的差距。當晚謝幕時掌聲明顯是女多於男，「世代交替」不言而喻。

時間和藝術一樣是殘酷的，維也納人從不會僅僅耽溺在光榮的歷史之中；席可夫有輝煌的過去，將來卻注定要站在Gulghina這邊！

作者寫真

符立中

台北人，十七歲開始從事音樂文字工作，旋即成爲台灣重量級樂評人之一。八九年起陸續擔任《音樂月刊》專欄作者、《音樂論壇》、《愛樂人》、《唱片音響購買指南》等刊物主筆。九○年起於《民生》、《中時》、《自由》、《中晚》、《中央》等報刊多次發表重大演出之藝術評論。曾任「智慧的薪傳」編劇，出版過《絕世歌聲的傳奇》、《二重奏》、《歌劇派》等音樂專著，並爲世界文物版《西洋歌劇名作解説》校訂、作序。

在馬勒中醒來

顏涵銳

從來不知道愛這麼傷人。

自從談了最後一次戀愛後，她沒有算過自己會有一天，不是在淚濕的枕頭上醒來的。

這一場戀愛，就像她對朋友說的，教她所有台北的勝地都不能再去了。到士林，有和他歡笑逗弄的狗兒；到陽明山，也殘留著似乎熱戀時的硫磺氣。她笑自己，是被愛禁了足的囚徒。

她決定了。辭去手邊喜愛的工

➜維也納街頭兜售歌劇入場券的青年。（孟樊攝）

作，告別過度體貼的老闆和朋友，丟下燈火通明的台北夜景，和或許還可以像朋友所說的那樣，在某個逛誠品的夜裡，找到下一個心儀的男人。不了，她想，我的枕頭套還沒換夠嗎？苦澀的情歌，在夜裡，一遍遍對著電腦螢幕，邊哭邊唱的日子，還沒過夠嗎？我要離開。

所以，在煙雨濛濛的隆冬，她飛往歐洲。

這一路上肥厚的雲層中，沒有她想像中的雁，陪伴在機身旁。太高了，她想。以前真傻，以爲飛行是趟有趣的事，就像十多歲時，以爲愛情是件美得不得了的事一樣，老醜以前，一定要一嚐愛情的滋味。誰知道，嚐到了才知道，就像坐飛機一樣，只有在機外的人，才感受得到飛行的相對速度和高高在上的翱翔之美；飛機中的人，唯一被允許的，只有開始時的不適、興奮以及結束時的不捨和噁心感。哦，或許，還有一點日出和日落、教人有此生不再的詫異光彩、霞影吧。可還沒有雲霄飛車過癮呢。

轉機又轉機的過程中，陌生的臉孔和語言越來越多。人聲裡夾雜著的飛機電影和耳機音樂，也開始越來越不熟悉。她竟似乎被剝奪了悲傷的權力一般，無以爲靠。那些在國內伴著她度過悲愁的國語歌，那些她對朋友說，眞是貼中她心情的國語歌，這時被換成印度的西塔琴、中東的歌謠，越來越讓她感覺到一種旅途的不安。那是有種熟悉的事物正要離開自己的不安，她不知道是什麼要逃離自己，但是她爲這改變感到不安；爲瞭解決這不安，她習慣性地拿出隨身聽，挑了張聽慣了的國語歌，那歌詞和曲調，提醒她現有的失戀者身分，這身分給了她悲傷的權力，也讓國內所有關心她的人，重視她的存在。在這裡，沒有人關心她，但處在吵雜的機艙中，她因這身分而自傲著：我，剛談完一場偉大的戀愛。

下到歐洲，冬意正隆，積雪不像她想的那樣美好，沾滿鞋印的雪水，融在古城的石縫、溝旁；眞正讓她心動，見到時倒吸了一口氣的，是那古老斑駁的街道和房屋。悲傷沒有離開過她，就像陰鬱的歐洲冬天沒有離開這塊大陸一樣。她很高興氣候也陪著她，所以就這樣待了下來。算著自己多年來辛苦工作存下的積蓄，她知道，她可以讓這天氣捧著自己的悲傷，直到來春。

可是，在亞熱帶待慣的人，不知道大陸型氣候四季分明。春天在她還沈浸在悲傷時，悄悄地來到了。她行囊中衣服沒帶少，度過了一個冬天，依然時時可以穿出教自己讚歎的時尙，可是，裝飾自己悲愁的國語CD卻嫌不夠了。她聽膩了這些音樂，開始試著聽當地的電台，聽來聽去，總沒有教她習慣的音樂。直有一天，在從匈牙利直通法國的特快車上，在初春的嫩綠中，聽到了這樣一首曲子從擴音機中傳出來……。

那音樂是何時開始的，她沒有察覺，只知道，醒來時，音樂已經在放著了。那時，車剛經過維也納，她沒打算逗留，她痛恨文明，她想去法國邊境的巴斯克，野蠻一點好。那音樂好慢，就好像這特快車經過古奧匈帝國首都郊外的廣闊的原野始終沒到站一樣的無始無終，可是音樂好像是在天堂漫步，踩不到個實在，卻又落不下去，一切都沒有重量。一道低低的旋律，上面又添上一道高的，兩條旋律，慢慢的，就像火車裡的自己和窗外的景物一樣對比著。那音樂中有一種說不出的幸福，滿眼盎然的綠意，映在心底，睡眼惺忪的她，心底還有

➔維也納國立歌劇院正面。（孟樊攝）

一股夢裡的痛，卻被一玻璃窗的綠意和幸福的絃樂聲給嚇著，一顆心就這樣懸著，在喉口跳著。聽著聽著，音樂一沈，一聲如雁啼般的樂曲悲鳴著，窗外遠處的綠意上，添上了小雨霏霏，陰陰的天空下，綠色鬱得更不留情。她的心被音樂高高地捧著，始終落不下來，觸不到那前陣子悲傷時總是被刺痛的低處。她忽然覺得有一種幸福，原來是不用愛情也可以搆得到的，有一種滿足，是不用兩個人一同分享創造的。兩個禮拜後，她提早結束了歐洲的流浪，回到台北，因爲，她醒了。在那音樂中，她找到了幸福。旅途上，她始終來不及找到人問那是什麼音樂。直到一年後，在一次開車前往南部的路上，才偶然聽到電台播放同一段音樂，原來是馬勒第四交響曲，一首叫作〈天堂之歌〉的「平靜樂章」。但這已經不重要了，因爲，她已經從愛情中醒來。

作者寫真

顏涵銳

中原大學建築系畢。著有《一顆很熱的冷音符——非主流古典CD》、《滾石古典音樂百科全書》、《台灣前輩畫家》CD畫冊。翻譯作品有EMI卡拉絲系列劇本與多部歌劇劇本、公視「魔笛」動畫歌劇、《今昔小酒館之歌》。文字散見《中國時報》娛樂週報、《表演藝術》新視窗等。

在阿姆斯特丹的港口

佐依子

當高喊著「自由、平等、博愛」的法國人想要尋求一個更「自由」（或者應該說「放縱」）的地方時，荷蘭的阿姆斯特丹是他們最佳的選擇。

六月中的阿姆斯特丹散發著奔放的陽光，天氣時酷熱、時陰冷，天氣說：我在阿姆斯特丹，我也要自由。

在這最自由的城市，人的身體就像一股青春的泉源，可以任意的得到解放，就像香頌歌手布雷爾唱的那首曲子〈阿姆斯特丹〉（註）：

在阿姆斯特丹的港口旁，剛靠岸的船員們正高唱著歌
唱著一首永遠籠罩在阿姆斯特丹天空的夢境……

走在阿姆斯特丹的「街道」上，眞的像一場夢，因爲走到哪都有水跟著你。而最令人不可思議的是這個城市（或稱她爲水都）的交通竟然是如此地方便，一秒不差的陸上

電車頻繁地運送來往的人潮，就算是你不懂荷蘭文，一個看起來像拼錯的英文，聽起來像不標準的德文，如果你看得懂二十六個英文字母與阿拉伯數字，阿姆斯特丹就在你的口袋（錢包裡）。

在音樂書店結帳時，在收錢的櫃台看到兩張音樂的書籤，問了金髮碧眼的女收銀員：這些書籤也是要賣的嗎？她回答說：在阿姆斯特丹，幾乎每樣東西都是賣錢的。每一樣東西都賣錢，因爲每樣東西都是辛苦掙來的。就算是一本免費的音樂會介紹手冊，裡面還附了回郵信封，以供你放進要訂音樂會的支票。荷蘭的皇家音樂廳是在一八八八年正式啓用，而舉世聞名的皇家音樂廳交響樂團也是同時成立。縱使荷蘭在十六世紀之後就比較沒有生產作曲家，然而國際知名的音樂家都以與這個樂團合作爲傲，或在這個金碧輝煌的音樂廳裡演奏爲榮。而這個音樂廳就坐落在市中心的博物館區，對面就是皇家美術館、市立美術館、梵谷美術館，旁邊就是皇家音樂院、音樂書店、唱片行，音樂廳前有五、六線四通八達的電車與巴士，離中央車站約十五分鐘的車程。你若聽完音樂會走出音樂廳，不到五步路的距離，就可以踏上電車，到下一個你想去的地方。也難怪，他們聽音樂會的人口是如此的高，皇家音樂廳幾乎每天都有音樂會（它包含一個大廳，一個小廳），票價昂貴，但每晚門庭若市，來聽音樂會的也有觀光客，因爲音樂廳與博物館一樣，都代表一個城市的精神文化，一種無法像紀念品可以買回家的東西，只可以在這個特定的空間、時間裡去欣賞、感受的，而且也是唯一可以與當地人共享的「平等活動」，不是一個只有你掏腰包、他收錢的交易，而是當一位地球村居民最容易的一種文化交流。

如果你下次再去阿姆斯特丹，不願再坐觀光巴士去看唯一的風車、不想再坐船遊運河，那就向皇家美術館裡的「夜巡者」問個好，再到梵谷美術館兜一圈，晚上就到皇家音樂廳聽場音樂會吧！因爲兩個多小時是與阿姆斯特丹人一起共度的，他們會收起那份在專用道快速騎自行車的那股唯我獨尊的霸氣，安靜地坐在你旁邊，與你聽同樣的音樂，做不一樣的夢。

而走出音樂廳，可以跳上電車，坐到河旁的啤酒屋好好地喝上一杯，然後繼續想著布雷爾的那首〈阿姆斯特丹〉：

在阿姆斯特丹的港口旁，船員們放肆地飲酒
當他們喝夠的時候，會舉頭朝向天空的星星
詛咒對他們不忠的情人

在阿姆斯特丹的港口……

註：在比利時出生的香頌歌手布雷爾（Jacque Brel, 1929-1978），從五〇年代開始在巴黎演唱他自己的曲子，在六〇年代在全世界走紅，受邀到美國及俄國演唱。他還寫了一齣歌劇〈月球之旅〉（Le voyagedans la lune），就在他出生地布魯塞爾的皇家歌劇院演出。他的歌曲到今天都十分受歡迎，因爲他敏銳的觀察力結合音樂文學的天分，充分反應與諷刺社會現象。雖然他的香頌是屬於流行音樂，由於旋律與音樂架構上的完美，成爲當今最不退流行的香頌。他最有名的曲子除了〈阿姆斯特丹〉，還有〈不要離我遠去〉（Ne me quitte pas）、〈低地國〉（Le plat pays）等，幾乎每個法國人、比利時人與荷蘭人都能朗朗上口的歌曲。

作者寫真

佐依子

著名廣播人，爲電台音樂節目主持人，文章散見國內各報章雜誌。著有《我的愛情是綠色的》等書。

音樂柏林

羅基敏

一九八一年二月，剛到海德堡就讀尚未滿一學期，就抓著機會，隨著學校專爲外籍學生舉辦的柏林一週文化之旅，第一次來到柏林，這個被東德包圍的孤島，家人不贊成我去讀書的地方。

二月實在不是遊柏林的好時刻，天色總是不亮，樹上光禿禿的，只有下雪時，天色較亮，但是下雪的興奮很快地即被溶雪時的骯髒和濕滑蓋過，加上柏林普魯士人的粗魯，對在海德堡生活了數月，已習慣於南德人的熱忱和有禮的我而言，第一次感覺到自己是「外國人」；柏林給我的第一印象並不佳。

但是，柏林的音樂生活那時就讓我難忘。感謝西德政府的文化政策，免費提供音樂會和歌劇的票給來柏林一遊的外籍學生，由於同行學生並非個個對古典音樂皆有興趣，除了自己可以有的一張音樂會的票外，又多要到了一張歌劇的票。於是在分文未用的情況下，到柏林的第一晚，不顧坐了一天巴士的疲憊，略事梳洗，就拿著地圖，按圖索驥，終於第一次踏入期盼已久的柏林愛樂廳，聽心儀已久的柏林愛樂演奏；或許是太興奮了，竟不記得曲目，只記得指揮不是卡拉揚（Herbert von Karajan）。過了兩天，在二次世界大戰後新蓋的德意志歌劇院（Deutsch Oper Berlin）聆賞了生命裡的第一個〈費加洛的婚禮〉，當那顫巍巍的指揮蹣跚出場，耳際響起如雷掌聲之時，才發覺指揮竟是貝姆（Karl Böhm），當晚的歌者自然亦是一流搭配。當年八月裡，貝姆辭世，我才覺得自己的幸運。

一九九八年七月，在柏林街頭報攤看到消息，我的「第一位費加洛」普萊（Hermann Prey）在睡夢裡過世，更讓我好一陣子不敢聽〈費加洛的婚禮〉，亦第一次感到在音樂演出的世界裡，自己已是另一世代。

幾年後，又參加了一次同樣的活動。由於已是「識途老馬」，很有準備地收集到一堆票，每天晚上不是音樂會，就是歌劇，雖然十一月的柏林，天空已經灰黯，但已不再煩擾我，因為我已沈浸在它的音樂世界裡。

一九八九年十一月，分隔東西柏林的圍牆打開；一九九〇年十月四日，東西德決定統一，兩德成為歷史名詞。在二十世紀的最後十年裡，柏林這個很有歷史的大城竟再度大興土木，再度不斷變遷，應是柏林人做夢亦未曾想到的。

四十年的分隔帶給柏林許多傷害，卻也帶給柏林不少好處，尤其是音樂生活。原因在於兩德都不遺餘力地在柏林投下金錢，東柏林是東德的櫥窗，西柏林則是西德和民主世界的精神象徵。一分爲二的柏林自是各有缺少，卻必須都要再求完整；因之，缺了的就再補齊，一邊有的，另一邊也得有。西邊的柏林自由大學、德意志歌劇院、柏林愛樂廳等等都是如此的產物，尤其是蓋在接近昔日圍牆的柏林愛樂廳，其實是該地區一大片被稱做「普魯士文化財」的衆多建築之一，是西柏林的藝術文化中心，僅是建築就很有得看頭。

由於統一來得突然，雖然自圍牆打開到正式統一之間，有將近一年的時間，卻並不夠讓西德政府能有完善的規劃，幾乎是以概括承受的方式接收了東德的一切。於是柏林有了世界上任何其他大城都沒有的三個相當著名的歌劇院，各有其專屬樂團，除了在劇院演出歌劇外，也在其他場所開音樂會。此外，柏林著名的專業交響樂團亦不只柏林愛樂一團，東西邊的電台樂團都依舊存在，只是西邊的改稱爲「德意志交響樂團」，以免鬧雙胞。其他名氣較小的交響樂團、各式各樣的古樂團等等不計其數，連音樂院都有兩個：西邊的是規模較大的藝術學院（柏林人簡稱其爲HdK），音樂爲其中重要的一環，東邊的則是依舊沿用舊名的艾斯勒（Hanns Eisler）音樂院；而音樂院的老師學生們自亦有其音樂演出。

柏林不僅音樂團體多，大大小小的演出場所，加上教堂，更是難以遍數。所有的這些團體的演出都是長年性的，因之，去柏林，只要不在七、八月裡，不僅隨時有音樂會、歌劇可以聆賞，還有很高的選擇性。每年的演出季於九月開始，配合柏林藝術節（Berliner Festwochen）的揭幕。這個藝術節自一九五一年於西柏林開始，自亦是東西分隔的產物，在統一後繼續經營，規模更大。不同於其他的著名藝術節，它並不以明星爲號召，而是每年有一主題，結合柏林既有之演出團體及演出場所爲基礎，再邀請一些外來人士，共襄盛舉。感謝德國政府的文化補貼政策，柏林音樂會和歌劇院的入場卷票價便宜地令人難以相信，柏林藝術節亦然，無怪乎眾多留德學生回國後，都不願意多花錢在音樂會票價上。

柏林的大眾交通工具非常方便，地鐵、捷運、公車早已形成網狀結構，兩小時內「一票到底，轉乘免費」，甚至有整夜行駛的專門公車路線，是去各個演出場所最理想的交通工具。在柏林拿到音樂會或是歌劇院的票之時，可要仔細讀一下上面的文字，因爲它很可能還可以是演出前後的車票，用它搭乘地鐵或公車至演出地點，在演出之後，再搭車回住所。

音樂溶在生活裡，在柏林，一路見證下來，我有著最深刻的體驗。

作者寫真

羅基敏

德國海德堡大學音樂博士，輔仁大學比較文學研究所副教授，爲國內著名音樂史專家。著有《當代台灣音樂文化反思》等書。

飄揚在瑞士瑞奇山的天籟

陳清文

瑞士的湖光山色早就透過月曆、明信片深烙在腦海裡。因此，當我和妻計畫八十八年的暑假該去何處時，兩人不約而同地決定就是這個旅遊聖地——瑞士。

為了配合妻的暑假，忍受著些許的漲價，搭乘瑞航展開八天五夜的「湖光山色攬勝」自由行。到達蘇黎世後，帶著一連串驚歎，走過班霍夫大道、傳統花卉市集、觀光小鎮茵特拉肯，搭著登山火車直上少女峰觀賞壯闊的冰河，回程在格林德瓦（Grindelwald）享受一頓豐盛的午餐，倚著懸空的欄杆，望著山谷間散落的木屋，小徑曲折，綠意盎然，這眞是瑞士最美的夏天。

可是讓我眞正感到與湖光山色契合的卻是在瑞奇山（Mt. Rigi），那滿山的牛鈴聲。當我們從琉森搭船，越過琉森湖，享受一個小時湖景後，到達維茲那（Vitznau），換搭歐洲最古老的齒輪登山火車（一八七一年開始運行），只有兩節車箱的紅色登山火車吃力地往上爬，一路上歪歪斜斜地走著，透過杉林的間隙，琉森湖忽隱忽現，心想一般旅行團安排的都是鐵力士山，很少到瑞奇山，除了交通不很方便外，大概是景點不夠特殊吧！途中火車停了兩站，當地酪農把牛奶桶抬上車，想來這登山火車原是他們運送牛奶的交通工具。

漸漸的杉樹少了！草地一片一片的出現，視野頓然開朗，終於到了山上。山上只有一棟建築物——瑞奇庫爾姆飯店（Rigi-Kulm），創業於一八一六年，比登山火車還古老。一下火車，站在簡易的月台上，耳邊就傳來牛鈴聲，噹噹咚咚的，並不清脆，卻厚實低沈，傳送很遠，有餘音繞樑之感。原來車站旁就是一片青翠草地，二、三十頭乳牛零散的漫步在山谷間，或低頭吃草，或悠遊獨行，隨著山坡的崎嶇不平，牛隻走來繫於頸上的牛鈴自是搖晃，那鈴錘與銅鈴的碰撞，或大或小，或重或輕，加上撞擊角度的不同，牛鈴的材質頻率又不同，所以整個山谷才有如交響樂般的牛鈴聲，此起彼落，渾然天成，不必有指

➜由琉森往茵特拉肯的「黃金列車」途中小鎮。

揮，卻又那麼和諧。這些牛隻所製造出來的音樂，就迴盪在山谷間，配上眼前的藍天、綠地、小木屋，這景色已非圖片影像所能傳達。我和妻就坐在月台上的板凳，靜靜地享受這天籟，捨不得離開。

車站旁有一小徑標示著十分鐘可達山頂，小徑旁有一個專賣紀念品的小店，其中銷量最好的是牛頸鈴，這大概要歸功於那些乳牛們的強力促銷吧！試過不同的音效後，我們選了一個最接近適才牛鈴聲的牛頸鈴，繫在背包上，一路走著，似乎也加入了群山的演奏行列。

瑞奇山標高一、七九七公尺，在瑞

➜瑞奇山上牛群散落山坡，牛鈴聲不斷。

士群山中不算高，可是因爲四週湖泊環繞，並無高山，所以視野奇佳；除了本身綠意盎然外，可遠眺琉森湖及層層連峰，難怪有「群山之后」的美譽，可謂「山不在高，而在其雅」。

山頂上有一座大鐵塔，大概是電視轉播站之類的怪物，在這美景中有點突兀。山巔有數個望遠鏡，不同的角度標示著城市、山名，在晴朗的天候下一覽無遺。走著走著，一團白霧由山下往山上飄來，綠草逐漸被淹沒，不消片刻，整個山頭都被白霧籠罩著，能見度只有二、三公尺，我和妻沿著小徑邊的繩索，慢慢地往下走，就在妻怪我不趁霧上來時早點到車站旁的飯店休息

➜瑞奇山的紅色登山火車，遠處為琉森湖。

之際，耳邊突然又聽見那厚重的牛鈴聲，在白茫茫的山谷間顯得更清晰，剎那間我明白了！原來山上經常大霧瀰漫，這牛頸鈴聲的功用是農家要找牛隻回家時，只要循著牛鈴聲，便可順利尋得，想不到這天籟還是源自阿爾卑斯山脈牧牛人的巧思。

雖然此行沒緣見識鐵力士山的景色，但是瑞奇山卻讓我沒有遺憾，而且還慶幸沒有旅行團來破壞這美景、天籟，所以到現在，只要一拿起在瑞奇山的相片，耳際不自覺地又會響起那一聲聲噹噹咚咚的牛鈴聲，在腦海中迴盪……迴盪……。

作者寫真

陳清文

出生於澎湖，成長於台南，大學以後定居於台北。專長法律，任職銀行十六年，現為世華銀行關係企業世華國際租賃公司業務部經理兼世華藝術中心管理部經理。自民國七十八年參加日本雪祭團以來，從北海道到九州，已進出日本十餘次，並自八十四年起喜歡上自由行，不論是租車繞遍紐西蘭南島及加拿大落磯山脈，或搭乘火車遊歷奧地利、大陸、英國、蘇格蘭、瑞士，藉著公司的旅遊補助和年休，計畫每年至少一個國家定點旅遊，背著相機，拿著地圖，陪著老婆，就一直走下去。

音樂過客

許煌旭

旅遊是一件神奇的事情。

尤其，是在他鄉異國、語言溝通有困難的時候，奇妙的遭遇總是會發生。因爲，身在這種處境中，人會有特別的機會接近自己的內在心靈，一種最親近自我原初生命經驗的感覺；經由這種感覺，我們可以跨越內心世界陌生的樊籬，尋求進一步的成長，與過去生長經驗外的另一個世界聯繫、溝通。

在旅遊中，在自己的語言毫無作用之地，我又如何與他人溝通呢？陌生人又如何能夠向你訴說他的動人故事呢？無疑的，身而爲人所特有的藝術天賦，在這裡就發揮了奇妙的作用。藝術是超越國界的語言，尤其是音樂。在旅途中偶然聽見的音樂，可能會直接進入我們的心靈之中，給予感動。就好像多年前，在巴黎的某個街頭角落，我所聽見的詠嘆樂曲，一種悲傷而淒涼的笛音，竟是由一把梳子所吹奏的。

我還記得，那一年的夏日，第一次出國到歐洲去自助旅遊。幾個朋友結伴在巴黎流浪了幾天，沿途除了飽覽異國情調的人文風光，也吸收了不少先進國家的文明特色；但是，眼前的新鮮就是那麼合理地發生在預期之中，一切似乎只是透過自己親身去驗證早在書籍雜誌或電視媒體中所見過的訊息。

我們一群人就在巴黎街頭中漫步，瀏覽一座一座、櫛比鱗次的建築。當我們走出某個巷弄的轉角處，來到一個很小的廣場，忽然傳來了悅耳而帶有憂傷氣息的聲音，像是由笛子，也像是由口琴所吹奏的樂曲。順著聲音的來處我們尋視了一下，很快地便發現是一位上了年紀，身材有點肥胖的老先生，坐在人行道旁石塊砌造的梯階上，用一把包著破舊薄薄塑膠膜片的梳子，正在吹奏動人的曲子。

我們一群人，很自然地就在他的身邊坐了下來，靜靜地聆聽他的音樂所敘述的故事。

巴黎，到處都是街頭藝人。

巴黎，隨處都可見到不同的精采表演。

但是，原來只要透過如此簡單的工具，就可以將一個人的身世背景深情款款地娓娓道出。

這位老者，大大的鼻子，厚厚的眼鏡；也許是法國人，也許不是。從他簡樸的衣著打扮看來，他只是一個平凡的人。

一個平凡的人，有了音樂，也就有了不平凡的故事。

他所吹奏的樂曲，我從未聽過。所幸在台北生活之時，我就很喜歡，也聽過一些世界各地的民族樂曲；他所吹奏的曲風，應該是屬於猶太歌謠。讀過歷史教科書，我們都知道二次大戰時，猶太人遭受德國納粹黨的迫害、屠殺。如果看過〈辛德勒的名單〉與〈美麗人生〉這兩部電影，應該可以更直接感受到這個民族的命運在過去歷史中所遭受的悲慘苦難。然而，眼前的這位老者，是否也是歷史的見證人呢？因為語言不通，所以我無法得知。但是，從他的樂聲中，一種遙遠的悲傷情境卻感染了整個空間；那塊小小的街角廣場，頓時化為闡述歷史記憶的舞台；更不可思議的是，他只用了一把梳子，卻征服了當下聆聽者的心靈。

每一首動人的音樂，應該都有其背後的故事。

當這位老者吹奏完畢，圍繞四周的聽眾都受到感動而非常的沈靜。我自己也在餘音繚繞耳際之時，感覺自己的心思慢慢被凝聚，被帶入難言的隱喻之中。一種深深期盼又始終召喚不回的往日時光，恍恍惚惚，浮現腦海，不禁悲從中來。就在沈默的靜音中，琴笛般的聲音又再響起悠揚而輕快的節奏。

於是，悲傷的心情即刻就被轉化了。

也許，是老先生發現了我們這群遠來的客人對他的專注，就用較爲愉悅的曲調來歡迎我們吧！

音樂就是如此地奇妙。

我們只是過客，飛越了千萬里來尋求什麼呢？是如此的一場偶然又短暫的遭遇嗎？

他是誰？我全然無知。我是誰？當然他不可能有何概念。

但是，在樂音響起的時刻裡，我相信某種心靈交會了。也許，今生僅僅就這麼短短幾分鐘，這種既眞實又隨即幻化成空的經驗，在平凡的生活中給予了不平凡的接觸。也許，能夠的話，我想進一步知道：他是誰，他住在哪？是在巴黎生活嗎？還是與我相似，只是一個旅經此地的異鄉人，因爲心有所感，即興地在此吹奏了起來。爲什麼一把梳子、一片破舊的塑膠膜，就可以發出美麗悅耳的聲音？他所吹奏的，是家鄉的民謠還是自己所作的曲子？他有家庭，有子女嗎？親人是否都還安好？心中升起太多問題，因爲無法跨越語言溝通的障礙，始終還是沒有開口問他。

就像繪畫需要尋求觀衆，音樂需要尋求聽衆。

能夠在偶然的機遇中當一名聽衆，我感到那是幸運的。因爲這種遭遇，沒有重複的機會。能夠在意外的聆聽裡探觸另一個生命世界的悲苦，更勾起我對生命的種種暇思。眼前的景象，既眞實又虛幻，如同耳中殘留的樂聲，會一天一天的消失殆盡。但是，這個經驗卻留給我無限的寶藏，因爲，它讓我相信生命中還有更多跨越時空的交流尚未發生，心靈深處也還有許多空間正期盼著神奇的相逢，而這個世界的某個角落，也正準備著下一場生命奇遇的故事。

旅遊，就像生活的一扇窗口。

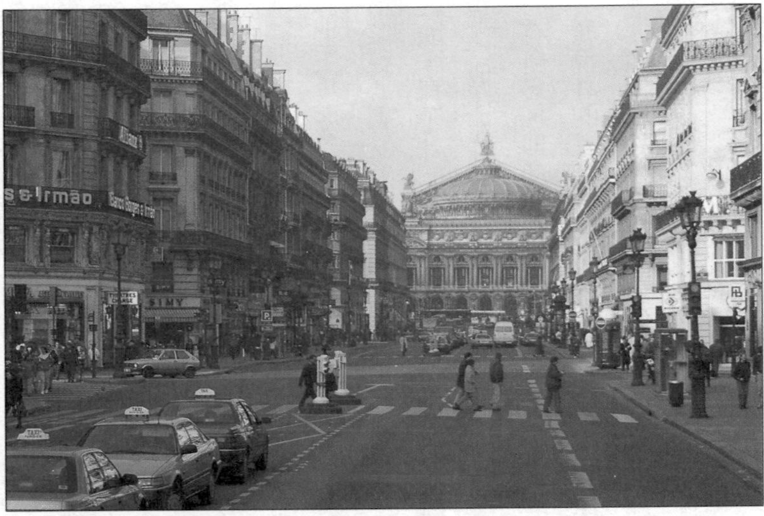
➜巴黎歌劇院前的街景。（孟樊攝）

音樂，更像生命的景色情境。

我還記得，老先生用愉悅的樂曲分享快樂給大家之後，用我所聽不懂的語言與我們寒暄了幾句，便帶著慈祥的笑容離去。留下的，是他的背影，還有由一支梳子、一片塑膠膜所引發的一段美麗回憶的時光。

作者寫真

許煌旭

一九六五年出生於台北市。一九八九年國立台灣師範大學美術系畢業。一九九八年國立台南藝術學院造型藝術研究所畢業。

曾任動畫公司背景組長，國中、高中美工科與美術實驗班美術教師，也曾於台北電台擔任藝術文化節目之製作與主持人，目前從事與美術設計相關之文化事業。

誰去特洛伊？

張寧靜

〈誰去特洛伊？〉這是一首土耳其的流行歌，它的旋律有點像探戈，有幾分淡淡的悲傷，有幾分輕輕的哀愁，也有幾分微微的淒涼，整個音調聽起來就像一對情人就要分手了，蕩氣迴腸處，叫人潸然。

我第一次聽到這首歌，是在伊斯坦堡，在一個土耳其朋友的家裡，我立刻就被這首歌感動了，所以我決定改變原來的旅程，我要到特洛伊去。我的朋友說：「什麼？你去那個荒涼的地方？那裡什麼也沒有啊！」不過我已爲歌聲所迷，我還是很堅持地去了。

特洛伊是個什麼地方？爲什麼土耳其人問：「誰去特洛伊？」

自古以來，「特洛伊」（Troy）就是一個傳說中的地方，它僅出現在西元前十二到十一世紀希臘盲眼詩人荷馬（**Homer**）所著的《伊里亞德》（*Iliade*）史詩中，因爲一直不能證實特洛伊的存在，所以在地圖上是找不到特洛伊的。不過在十九世紀三〇年代的時候，德國考古學家西茲里曼（**Schliemann**）忽然說，特洛伊在小亞西亞博斯普魯斯海峽的南方，也就是土耳其小鎮希薩里克鎮（Hissarlik）。西茲里曼說，在西元前十二世紀以前，特洛伊因爲扼博斯普魯斯海峽的入口，是商船進出黑海的必經之路，因此繁華一時。但繁華也替它帶來了戰爭與瘟疫，特洛伊一戰，特洛伊盡毀，再加上瘟疫又乘時而起，最後迫使商船改道，因此特洛伊在西元前十二世紀的時候就衰落了，最後終被歷史拋棄。

西茲里曼的話不但舉世震驚，而且也使舉世半信半疑。

那麼爲什麼一定要去特洛伊呢？

荷馬的詩採用了大量的史料，因此被人稱爲史詩，不過其中有些「史」無法證明是眞是假。在《伊里亞德》這首長詩中，其中有一段描寫的就是特洛伊之戰。先是特洛伊王子帕里斯誘拐希臘斯巴達王后海倫爲妻，斯巴達王不禁震怒，於是派大軍追蹤而至，因而導致特洛伊之戰。

希臘斯巴達王兵圍特洛伊十年，雙方仍不分勝負，斯巴達王覺得再這樣圍下去，不是辦法，因此使出詐敵之計。斯巴達人先在海灘上建一個大木馬，然後把大木馬放置在海灘上，最後全軍撤退。

特洛伊人高高地站在城堞上，眼看著斯巴達人建大木馬，眼看著斯巴達全軍撤退，但卻不知道斯巴達人留下大木馬做什麼，因此有些特洛伊人認爲這是斯巴達人兵圍特洛伊十年不成送給特洛伊的禮物，所以特洛伊人歡天喜地地把大木馬推入城中。

十年圍城終於勝利的解圍了，特洛伊人在高興之餘，全城酒庫大開，全城大吃大喝，因此入夜之後，特洛伊全城皆爛醉如泥，此時暗藏在大木馬裡的斯巴達敢死隊，就偷偷地從大木馬裡爬出來了，他們先殺了醉得如死的特洛伊守門士兵，再打開特洛伊城門，去而復返的希臘斯巴達大軍就一湧而入地攻入特洛伊……最後的結果不想也知道了，因此故事也就不必寫下去了，美國好萊塢曾把《伊里亞德》長詩中的這一小段拍成電影，取名〈木馬屠城記〉，據說很賣錢。

幾十個世紀來，因爲《伊里亞德》所描寫的戰爭與愛情，成了全世界浪漫的標竿，它已不知打動了多少人的心靈，且聽荷馬動人的名句、也是〈誰去特洛伊？〉的歌詞：「千艫盡折，萬城俱燹，就是爲那張臉嗎？」它已不知啓發後世多少藝術與文學的想像力了。到了今天，它更成爲歐洲人的浪漫的源頭。因此每個歐洲人都想知道荷馬所說的特洛伊是眞的存在的、或者僅僅是一個美麗傳說？如果特洛伊曾眞正的存在，那麼特洛伊究竟在哪裡？所以自德國西茲里曼宣佈土耳其的希薩里克就是特洛伊之後，全世界的考古學家都興奮莫名，小的考古隊暫不計算，單是大型的考古隊，幾乎平均每隔十年就有一個，這些考古隊不停地在土耳其希薩里克鎮挖、挖、挖。因爲這些考古隊認爲，西茲里曼所作的考古還不周全，考古學家們認爲他挖出來的「特洛伊金杯」、「特洛伊金牌」、「特洛伊金器」……是晚期的文物，並不是西元前十二世紀的文物，因此不能證明特洛伊的存在。不過這些考古隊也知道他們不一定能挖出什麼，但他們還是不停地挖、挖、挖。

他們爲什麼不停地挖？只因爲他們不一定非要挖出傳說中的特洛伊不可，他們要挖的是「浪漫的源頭」，這個「浪漫的願望」壓迫著他們！

我站在希薩里克鎮凸凹不平的赤地上，一眼望去，眞的什麼也沒有，如果一定要有，就是千年冰雪蝕出來的丘陵與狹谷，這個景象也許只能用「荒涼」兩個字形容。我不禁推想荷馬當年「千艘桅杆、萬海潮起」的圍城景象，已是距離我很遙遠很遙遠了，因爲滄海桑田的緣故，當年荷馬站立的海灘，現在已變成了內陸，如今我看到的已是一片殘破的石礫了。

「是特洛伊在繁華後又沈睡了嗎？」我的心那麼叫著！我站在荷馬當年站立的海灘上，我想著荷馬的《伊里亞德》史詩，我想著美國好萊塢的〈木馬屠城記〉電影，我想著我在伊斯坦堡聽到的〈誰去特洛伊？〉那首歌，面對著現今這塊荒涼的赤地，我竟不能自已，〈誰去特洛伊？〉那首歌不禁浮上我的心裡，那娓娓悲涼的腔調，恰與我的心合而爲一……但我一點也不瞭解土耳其觀光局，他們爲什麼在這荒涼的赤地上豎起一個三層樓高的大木馬？他們也像美國好萊塢一樣的要把特洛伊之戰當搖錢樹嗎？

〈誰去特洛伊？〉，當我正想離開希薩里克鎮時，不料這首歌又響起來了，我一回頭，看見一個大約二十幾歲美麗的土耳其女郎，原來〈誰去特洛伊？〉這首歌是從她的收音機裡「流」出來的。

她給我嫣然一笑。

「她是海倫嗎？她就是導致特洛伊城毀人亡的海倫嗎？」我想，但我什麼也沒有對她說，我只是回她一個苦澀的微笑，一轉身，在這悠揚又有點斷腸的歌聲裡離去。

作者寫真

張寧靜

河北省饒陽縣人，一九三六年生。一生的黃金時間，小學、中學、大學，皆在台北度過，及壯之後，負笈海外，從此愛上了旅遊，因此有好幾年是在「流浪」中度過，自喻是「穿球鞋走世界的人」。一九六三年起，決定不再「流浪」，而在巴黎定居，但走得更勤了，如今已走過一百多個國家，球鞋已不知磨破了幾十雙，可是興趣仍未減，因爲我們的地球太大，還有很多地方是沒有到過的。

旅遊是如此有趣，那麼怎麼不把所到之地爲文記下來呢？因此這些年來，在球鞋之外，手中又多了一枝筆。

一枚銅板的回憶

李茶

有的時候，你到某個地方，你聽見汽車喇叭、施工中工地、機器發動等等的聲音，你知道，那是一個都市，不斷地拆除舊有事物，不斷地興建新建築，複製那些宏偉的地標到自己的所在地，卻遺失了原來的面貌。

有的時候，你到某個地方，某種聲音不可抵禦地滿滿向你襲來，無所防備，難以拒絕，你知道，這是一個城市。從空氣中瀰漫的氣味，到共振至耳膜的聲音，都有著不能抹滅的文化沈浸其中，每一個細節，都不停地訴說著踰越時空的、關於這個城市的故事。

現在我要說的，是關於一個名叫愛丁堡的城市，也是有關於一個漂浮在太平洋小島上、微不足道的共同經驗。

一九九七年秋天，我到愛丁堡，迎接我的第一個和善微笑，便是在機場那似乎永不停息的風笛聲。那一年，除了小紅莓和Oasis，這是唯一能聽到外於流行的聲音。

愛丁堡，一個古老且固執的城市，時間在這個地方似乎起不了什麼太大的作用，雖然在地方報紙還是不斷地口誅筆伐著諸如失落的文化消逝中的古老光榮云云，但相較起那些正積極地想將自己面貌改變成曼哈頓或新東京，卻還毫不自覺失去了什麼的複製者，愛丁堡報紙上無謂的抱怨和反省，看來倒是連我這個外地人也莫名其妙地熱血沸騰了起來。

眞實的經驗總令人察覺到自身的侷限性，在別人的旅遊書中，每到一個陌生地，善於旅行者好像都會獲得許多意外的浪漫和友誼，而自己除了兵荒馬亂手足無措外，也很難會有什麼跨越時空的發現。遊記書寫者，彷彿在自己的地圖上，早已飽滿地做著密密麻麻的記號，以致沒有任何恐懼和狼

→愛丁堡城寧靜的Bar。

狽時刻，而我卻總愚蠢地穿著拖鞋在冬天的愛丁堡凍傷腳趾頭，或者是在餐廳裡尷尬地點了自己不敢吃的羊內臟。唯一建立起良好關係的，當然就是旅館旁邊那家小店的老闆娘，我在那裡消費了近百英鎊的鞋子和毛線襪。

即便充滿了許多爲人恥笑的經驗，但當不飄雨的早晨來臨，太陽還微微露臉時，漫步愛丁堡，眞的是一件很舒服的事。說眞的，雖然在世界各地的公園都是綠樹，但是愛丁堡就是有一點說不出來的不同，直到離開的時候，我才想到，那不同來自聲音。

➜身著蘇格蘭招牌格子裙在教堂前吹奏風笛的街頭藝人。

印度的西塔琴、巴里島的甘美朗、紐奧良的爵士、倫敦的搖滾樂、布宜諾斯艾利斯的探戈……城市總會擁有自己的聲音。愛丁堡的風笛，會飄散在晴天的空氣、陰天的濃霧，以及雨天的溼氣裡，不管走到什麼地方，風笛的聲音總會從王子街上飄送過來，隱隱約約的，像是方向的指引。那看起來一點也不像街頭藝人的樂師，似乎規定得留起落腮鬍，穿著傳統的蘇格蘭服裝，抱著他的風笛呼嚕呼嚕地吹著，不分晴雨地作爲這個城市的聲音表象。我並沒有特別喜歡那所謂飄渺淒美的克爾特音樂，對風笛還有些頭暈的反感，但眞的身歷其境，反而有種奇妙的熟悉。坐在公

➜著名的愛丁堡藝術節招牌。

園的長椅上，閉起眼睛，曬著奢侈的暖暖陽光，還穿著能將所有腳趾頭都包起來的鞋子，風笛的聲音，將我帶入另一個遺忘生活節奏的世界。

緩慢，更緩慢。停息。永無止盡的延續。

音符是這樣的飄盪在記憶裡。無所謂演奏的曲目或其他，那音樂與其說是藝術，毋寧稱其為生活的一部分，除了觀光客外，沒有人會駐足要求拍照。像我這種容易大驚小怪的人，還總會摸著口袋裡的僅餘硬幣，打電話讓所有的朋友聆聽愛丁堡街頭的聲音。

離開的那一天，行色匆匆，除了兩捲丟在旅館的底片外，還有忘記確認的機位、在候機室狼吞虎嚥的三明治，以及一堆無用的紀念品。直到到倫敦希斯路機場轉機時，才突然想起，身為一個音樂文字工作者，居然沒有「採擷」（其實就是「買」啦）任何愛丁堡當地的聲音，只好在希斯路的免稅商店買幾張Oasis回來送人，也算是記錄了這一年紅遍全歐的蘇格蘭樂團史。

幾個月後，生活恢復正常，也不會在早晨痞寐矇矓中，恍惚以為身置愛丁堡時。去一個朋友家探訪，朋友拿出一捲小錄音帶，放進答錄機中，我聽見自己的聲音。

「喂喂喂，Hello，你在家嗎？我在愛丁堡，今天出太陽喲，給你聽愛丁堡的聲音……」微渺而夢幻似的，風笛的聲響從王子街上，飄過了太平洋，傳入我的耳朵裡。

終於有一個人，記錄了我的旅行，並留下那狀似美好的回憶。

作者寫真

李茶

喜歡旅行，喜歡音樂，喜歡悠閒自在的生活。不過卻總受困於旅行後數字驟減的帳户，氾濫爲患的CD，以及過度懶散的個性。

著有《寂靜之外》、《蔓延在小酒館裡的聲音》，以及《不穿襪的大提琴家——馬友友》。

旅途中的音樂

ENJOY系列6

作　　者／莊裕安等
出 版 者／生智文化事業有限公司
發 行 人／林新倫
執行編輯／閻富萍、晏華璞
美術編輯／周淑惠
登 記 證／局版北市業字第677號
地　　址／台北市新生南路三段88號5樓之6
電　　話／(02)2366-0309 2366-0313
傳　　眞／(02)2366-0310
網　　址／http://www.ycrc.com.tw
E-mail／tn605541@ms6.tisnet.net.tw
郵撥帳號／14534976 揚智文化事業股份有限公司
印　　刷／鼎易印刷事業股份有限公司
法律顧問／北辰著作權事務所　蕭雄淋律師
ISBN／957-818-343-7
初版一刷／2001年12月
定　　價／250元

總 經 銷／揚智文化事業股份有限公司
地　　址／台北市新生南路三段88號5樓之6
電　　話／(02)2366-0309 2366-0313
傳　　眞／(02)2366-0310

國家圖書館出版品預行編目資料

旅途中的音樂／莊裕安等著. -- 初版. -- 台
北市：生智, 2001[民90]
面； 公分. --（Enjoy系列；6）

ISBN 957-818-343-7（平裝）

855 90017748

ENJOY系列

D6001	葡萄酒購買指南	周凡生/著	NT:300B/平
D6002	再窮也要去旅行	黃惠鈴、陳介祜/著	NT:160B/平
D6003	蔓延在小酒館裡的聲音—Live in Pub	李　茶/著	NT:160B/平
D6004	喝一杯，幸福無限	曾麗錦/譯	NT:180B/平
D6005	巴黎瘋瘋瘋	張寧靜/著	NT:280B/平
D6006	旅途中的音樂	莊裕安等/著	NT:250B/平

LOT系列

D6101	觀看星座的第一本書	王瑤英/譯	NT:260B/平
D6102	上升星座的第一本書(附光碟)	黃家騁/著	NT:220B/平
D6103	太陽星座的第一本書(附光碟)	黃家騁/著	NT:280B/平
D6104	月亮星座的第一本書(附光碟)	黃家騁/著	NT:260B/平
D6105	紅樓摘星—紅樓夢十二星座	風雨、琉璃/著	NT:250B/平
D6106	金庸武俠星座	劉鐵虎、莉莉瑪蓮/著	NT:180B/平
D6107	星座衣Q	飛馬天嬌、李昀/著	NT:350B/平
XA011	掌握生命的變數	李明進/著	NT:250B/平